百鬼夜行 卷1

林投劫

笭菁 著

百鬼夜行 ｜卷Ⅰ｜林投劫

（※本故事內容純屬虛構，如有雷同，純屬巧合。）

目次

楔子

昏暗的房間中，詭異的燈閃爍著，窗外是陰暗的山林，在夜風中悽涼搖曳。

「我掙扎著，幾乎吸不到空氣，但無論如何都掙不開！」一個頸上繫著繩子、頸子都快被勒斷的女人，聲淚俱下的訴說著，「等我醒來，我已經在樹下了……我才知道，我的人與錢不但被騙走，連命都……」

一位林投樹下的無名女屍，正幽幽的訴說自己悲慘的一生。

🔔

轟！傾盆大雨，電閃雷鳴，一道白光劈下，瞬間照亮了整個夜空，這場雨來得又急又猛，很難想像一個小時前還是炎熱晴朗的天空，卻在短時間內烏雲密集，雷聲隆隆。

這瓢潑大雨令人措手不及，連躲都來不及躲，打傘也無用，一對情侶本來想在這偏僻海邊享受兩人時光，結果現在連躲都沒得躲，車子停在遠方根本來

不及。

兩個人踩著水窪，奔向了一棵大樹。

「好像……有好一點？」男人打著傘，雨聲聽起來沒那麼可怕了。

藉由樹葉的遮擋，大雨果然不像剛剛那般全倒在傘面上，方才聽起來傘面都快被雨砸破了！

她摟到身邊，將傘朝她那兒挪去。

「別這樣，你這樣淋到太多了。」她也心疼的說著，連忙移動傘，「頭不要淋濕。」

女人搓著手臂，一把小傘怎可能覆蓋兩人，多少都會被淋到，男人貼心的將

「男生淋點雨算什麼！」男人笑著，這種情況當然是給女性遮雨啊，「妳也小心一點，這後面好像就是懸崖了，站過來一點！」

兩個人在那兒僵持不下，不一會兒卻相視而笑，都是為了對方好，這樣的推拒反而多了幾絲甜蜜。

才剛交往，熱戀期一點兒小動作，就會令人覺得心都要化了。

「哼。」

明顯的冷哼聲傳來，男子聽出其中的不屑之意，循著聲音看去，是在他們隔

幾棵樹、約兩公尺外也躲雨的女人。

男人謹慎的觀察著，說不定她在講電話，也可能在自言自語，想確定對方是否在針對他們。

這裡是一大片林投樹，隔壁看起來比他們這裡更緊密，因為女人靠著樹幹，卻沒打傘，看起來卻幾乎沒淋到雨。

「這種體貼都是假的，一看就知道你們在熱戀對吧？」女人繼續說道，「熱戀時什麼狗血的話都說得出來，男人說的話都是騙人的。」

「喂！」男人這下可確定了這傢伙是在指他們，「妳是在說我們嗎？」

女友不安的拉拉他，不要吵架啦！別理她就好了。

「對！就是在說你們。」隔壁樹下的女人略微探頭，試著想看女孩似的，

「千萬別相信男人那張嘴，追求時都是一副嘴臉，到手後絕對換另一副！」

「妳是哪位啊！在這邊胡說八道什麼！破壞我跟我女友！」男人聽得氣急敗壞，把傘丟給女友，就要過去找人算帳。

「不要這樣啦！不要理她就好了！」女友拉著男友，沒必要跟人家起爭執吧？更何況對方也是女性，難道男友要揍人嗎？

「看看他這種模樣，說兩句就想揍人，是惱羞了嗎？說到你痛處了？」女人

毫不控制嘴巴，繼續冷嘲熱諷，「小姐，我建議妳睜大眼睛看清楚，這麼容易就

生氣的男人，說不定以後還會家暴呢！」

「妳閉嘴！」男人怒極了，衝過去就想找女人理論。

「你不要這樣——」女孩喊著，卻也拉不住男友。

男人衝到隔壁女人的面前，這素未謀面的傢伙爲什麼要說話這麼難聽的傷

害……他與女……

樹下的女人站了出來，毫不畏懼的迎視了男人。

但男人卻瞪大了眼，臉色倏地刷白的跟蹌後退，女友上前拉過了他，一邊向

後扯，「你不要這樣——」

「咦？女友呆愣在原地，眼睜睜看著男友像逃命般的遠去，自己卻拿著傘還呆

站在這兒。

「哇……哇啊啊——」男人突然失控的大叫著，下一秒扭頭狂奔而去，頭也

不回的把女友遠遠甩了下來。

怎麼回事？他怎麼彷彿見鬼似的？突然嚇成那副模樣？女孩不解的正首，看

向了那位刀子嘴的女人。

女人冷冷笑著，一副妳看吧的眼神，「我就說吧，男人，不可靠的。」

一條繩子緊緊繫著她的頸子，繩子已嵌進了皮肉裡，糜爛成一體，她雙眼充血通紅，張大的嘴像是渴求著呼吸一般，未曾闔上。

繩子另一端，繫著樹幹，女人原來從未「站」在樹下。

她是吊在樹下，那兒晃呀晃的⋯⋯晃呀晃⋯⋯

「呀──哇呀──」

第一章
百鬼夜行

當華麗的招牌一盞盞亮起，閃爍的霓虹燈開始爭妍比美，不僅代表夜幕降臨，而且已經到了越夜越美麗的時刻。

R區，是首都最繁華的地帶，這條與風景大相逕庭的「寧靜街」上，清一色全是酒吧夜店，各種風格應有盡有，總是白天寂寥，夜晚聲色犬馬，熱鬧非凡；間有部分咖啡廳與餐廳，也全都是星級品質！已經不記得是從何時開始成為酒吧聚集區，但是這兒的夜店一點兒都不俗，還有著自己的規矩。

寧靜街整條馬路是刻意復古的石板子路，所有夜店及餐廳從裝飾、服務、餐點與酒，均各具特色，讓顧客不管到哪間酒吧，都能有新鮮感；而以寧靜街為主旁邊側分的巷弄內便是比較平易近人的小酒店，以距離區分，越遠則越是龍蛇混雜。

於是，這不過一公里平方的區域，什麼牛鬼蛇神都有。

「妳走快點！晚了進不去怎麼辦？」打扮入時的紫灰髮女孩嚷嚷著，踩著高跟鞋竟跑了起來。

「……才八點，夜店不是九點開嗎？」黑髮朋友穿著低胸暴乳裝，頂著妖豔的妝容。

「拜託，現在去都不知道要排多久了！妳以為我們今天要去什麼店啊？」紫灰髮女孩不可思議的嚷嚷起來，「那是百鬼夜行啊！」

說著，她指向寧靜街最末端、傳統所謂路衝的夜店，只要一踏上寧靜街，便能與一幢如城堡般的建築面對面。

其實那只是棟三層樓的透天厝，表面用木板裝潢成古堡模樣，對外的窗戶認真的做成正港古堡窗，整整三樓的牆面上有許多詭異的雕像，惡魔、吸血鬼、躲在角落的狼人、喪屍、科學怪人、殭屍、木乃伊，也有東方的雪女，中間也有設置凸出的橫桿，上頭是倒掛的蝙蝠。

蜘蛛網更是不可或缺，整棟樓閃爍著陰森的光芒，大門還是張血盆大口的形狀，上方是染血的尖牙，而這大嘴上頭，掛著的卻是中國風的破敗牌匾，清楚的寫著「百鬼夜行」四個大字。

每個字都是陽刻，牌匾底下鋪設微弱的光條，讓招牌四周隱約閃著金青光芒，唯有「鬼」字下方的燈永遠不亮。

裝扮成魔女的黑髮女孩看著「百鬼夜行」大門旁長長的人龍都傻了，她當然聽過這間夜店的大名，但沒想到這麼早就有人來排隊了！

「就跟妳說吧！」紫髮朋友又氣又急的趕緊到人龍末端去。

即使是等待排隊區，「百鬼夜行」也在地上鋪設了長長的紅毯，以示歡迎貴賓的意思；所有排隊的人們均化妝成妖魔鬼怪，囊括了中西文化的各種鬼魅或妖

物，因爲「百鬼夜行」有個福利：但凡入場裝扮者，第一杯酒一律免費。

衝著這個免費，所有人或戴著假利齒、或紅色放大片、貼個紋身貼紙都划算。

而且每晚十二點時，還會選出現場打扮最經典的人，整整一個月入場免費！

因此不僅僅只是隨意裝扮，更多人卯足了勁，想要成爲每晚的優勝者。

「我妝沒花吧？」紫髮女孩急切的說，「我今天一定要跟他說句話。」

「誰？」皺起眉，原來朋友有目標了？

「還能有誰……」紫髮女孩笑出了一朵花，「當然是酒保德古拉啊！」

噢，附近排隊的一眾女孩提起德古拉，無不露出陶醉的笑容，對紫髮女孩的

說法再同意不過了！

「百鬼夜行」不只是外觀風格特殊，裡面的裝潢更是驚人，宛如身在鬼魅的

世界也就算了，連服務人員也都裝扮成各式妖魔鬼怪，幾乎都是俊男美女，最迷

人的，莫過於吸血鬼妝扮的 Bartender！

「妳現在不會懂我在說什麼的！」紫髮女孩痴迷的看著黑髮女孩，「等進去

後妳就知道，德古拉只要對妳異口同聲，妳便融化了。」

「對！」前後排隊的女孩們異口同聲，「他的聲音也超好聽！」

「而且總是能爲我們調出最適合我們的酒！」

女孩們你一言我一語，紛紛為那迷人的Bartender陶醉。

女孩們迷戀的Bartender正擦著玻璃杯，嘴角輕揚，彷彿聽見了那逸美之辭。

「人類眼睛都有問題。」坐在吧台上畫眼線的白臉女人說著，「居然覺得你帥？」

男人緩緩把視線落到眼前的女人臉上，「我同意，就像很多人類也覺得妳美是一樣的道理。」

女人挑高了眉，「我本來就很美好嗎！仙氣！仙氣！」

她邊說，一邊往自己臉上再蓋了層白粉，務求整張臉白得瞧不見一絲膚色。

突然燈光一滅，整間PUB裡陷入黑暗，白臉女人皺起眉抬頭張望，嘖，

她在化妝耶！

「經理！」她發出抗議。

在舞台後方，一個纖細瘦高的女人探出頭來，「我在試燈！等等吧！」

「誰叫妳都要到這裡才化妝！」德古拉搖了搖頭，黑暗毫不影響他的視力，自在的把杯子放回原位，再拿下一個擦拭。

營運經理身著西裝，紮著一束高馬尾，她髮長幾乎及地，束著馬尾的髮飾是個蛇紋圖案的髮帶，她試著店內所有的燈，開場前必須確保每一盞燈都是好的。

其他各種裝扮的服務人員也正在確定場內的乾淨，門口的接待人員亦無視黑暗彼此加油打氣，等等大門一開，就要展開一場硬仗了。

「有歌手抱怨舞台上的燈光有問題……現在看起來是還好。」營運經理一時找不到問題，只能放棄，再度開始吧台上的燈光，「各位注意，還有十分鐘就要開店喔！」

「好！」整間PUB裡傳來同步回應，抖擻起精神。

此時後台緩步走出了步履輕盈的男人，他一襲古風水藍衣，水藍袍下還是白色棉布，宛若東方古代書生的飄逸。

「老大！」營運經理瞧見男人嚇了一跳，「怎麼突然來了？」

「嗯？」男子露出點困惑，「我巡我的店，有什麼奇怪的嗎？」

外頭所有人都僵住了，當然奇怪啊，沒有大事老大根本不會出現的好嗎！

男子有張溫文儒雅的氣質臉龐，東方臉孔，還真的蓄著長髮盤起髮髻，上頭穿戴書生的書生帽，誇張的是書生帽後面還襯了兩條布！但所謂人帥益生菌，基本上顏值夠高，COS什麼都是一等一的美。

「他就是無聊，鬧什麼心痛！」他的身後，跟著另一個中低嗓音的女人，無獨有偶，女人穿著跟他一樣的古風漢服，全身素白卻小露香肩，披散著一頭烏黑

長髮，頂了一個小髻，還插了根珠簪。

「有夠浮誇的，還有披在手臂間，走起來跟仙子似的。」白臉女不高興的嘟起嘴，「是在跟我比仙氣嗎？」

「仙氣也是有區別的好嗎！你們又不同族類！」德古拉不怎麼在乎，這兩種都不是他喜歡的類型。

「連快登場，是出什麼大事了嗎？」連接待員都吃驚的走來，不可思議的看著百鬼夜行的兩位老闆。

古風男子只是嘆了口氣，幽幽的看向德古拉，「一杯三十二年的威士忌。」

「要開店了，老闆。」經理誠懇的說著。

「調杯馬丁尼給他，他心情不好。」古裝女人微微一笑，「勸半天沒用，剛剛又吵了一架！」

喔喔……喔喔喔，所有人交換眼神，頓時明白怎麼回事！

「是棠棠……今天是棠棠打工的日子。」營運經理尷尬的上前，她就站在老闆身後，朝著眾人使眼色，不要造次啊！

「棠棠……」提起這名字，白臉女就一臉可惜，「你說她都可以打工了，為什麼就不——哇啊！」

餘音未落，德古拉把一瓶酒重重砸上她尚擱在櫃檯的手！喀嚓！

所有人都聽見手指頭粉碎的聲音，白臉女驚嚇的跳起，差點滑下高腳椅，疼得瞪大雙眼，連眼睛都要成為白色了！

「冷靜！雪姬！」營運經理趕緊上前勸阻，「要開店了，我們沒時間處理妳！」

女人上前一把將酒瓶拿起，瞪了德古拉一眼，她知道他想勸阻雪姬的胡言亂語，但可以用好一點的招式啊！

接待員也趕忙上前安撫雪姬，沒事沒事，沒事！

老大倒是無視於眼前的鬧劇，沉浸在自己的悲傷中。

「好不容易養大的孩子，怎麼就不聽話了呢？」他心痛的撫著胸口，「如果是之前那個女孩，會不會乖一點？」

「更不會聽話吧！之前那個是我們撿到的，不是從小養大的，遲早得放她走。」女人輕輕安撫著男人，「瞧，讓她去上學後不是正常很多了！」

男人皺眉。

德古拉趕緊把馬丁尼調好，遞給了老大，古裝女人主動接過，拉著男人朝後頭走去，不忘朝營運經理使眼色。

「我們會待在這裡，等等弄些他愛吃的東西上三樓。」她輕聲交代著，「辛苦各位了！」

「是！」員工們紛紛回應，謹慎的目送老闆們進到後場，上了樓——營運經理這才匆匆奔出，看著手上的錶。

「一分鐘！接待員與引領員！」她纖手一指，接待員即刻衝往門口。

門口兩位接待員，是正太花美男系的吸血鬼，身著標準西裝燕尾服，客人入場後，引領客人到座位的有六名青面鬼，服裝一致但領結不同。

「Bartender，德古拉！」櫃檯內性感的吸血鬼男人驕傲的挑眉表示回應。

「所有服務人員，總管雪姬？」

白臉女人正在舞動著已然痊癒的手指頭，還瞪著德古拉呢，「所有小鬼精怪服務生都準備好了。」

營運經理深吸了一口氣，眨眼間滑到了五公尺遠的門後，兩個壯碩的保鑣正在後門待命。

「兩位，麻煩嚴格審核了。」兩位男士保鑣身高都超過兩百公分，體型龐大，孔武有力，一臉凶狠，可以嚇阻意圖搗亂的人。

最重要的，是他們的審核識別能力。

「倒數一分鐘。」營運經理回首，看著在整座夜店大廳正中央，那自挑高天花板垂掛而下的古老大鐘。

齒輪的聲音清晰，滴答、滴答，德古拉還能看見裡頭齒輪的移動，一格、一格、再一格……

「拉彌亞！」樓上突然又傳來蹦蹦跳跳的聲音，「妳有沒有看見我的行動電源？」

女孩探出頭來，又一秒愣住……糟糕，要開店了！

營運經理登時錯愕，她沒看見她的行動電源啊！吧台邊的德古拉倒是立刻朝女孩拋出了媚眼，「我等等讓地精送過去。」

「謝謝！」女孩雙手合十，感激涕零的道謝，轉身往後門跑了。

所有員工莫不用愛憐的眼神看著女孩，唉呀，這麼可愛的女孩子，要打工為什麼不想在自家的夜店打工呢？

喀咚！分針指向12，營運經理伸手一劃，彪形大漢拉開了「百鬼夜行」的鑄銅大門。

門一開，外頭的歡呼聲四起，拉彌亞眨眼又滑回後台，關掉了所有明亮的燈，打開了以黑紅金為主調的詭異燈光，這才是「百鬼夜行」的主調；客人興奮

的拿手機朝門口的機器掃瞄自己購買的入場券，響聲通過便可走進了血盆大口的

大門，誰想硬闖，就會被門口的保鑣攔下。

通過血盆大口後，就是鮮肉版的接待員了。

「歡迎進入百鬼夜行，親愛的美女，妳的血聞起來好香啊！」接待員即刻迎

上前，執起美女的手背輕吻，同時在她們右手扣住了金色的手環，「這是在鬼域

裡通行的證明，請千萬不要遺失了喔！」

「謝謝！」女孩們眼睛都成愛心了，「百鬼夜行」連接待員都這麼帥！太可

愛了吧！

兩位接待員身後是扇鏤空的大隔板，兩位接待員分站左右，以利將人流分流

成兩邊，不管左轉或右轉進去，都會遇到青面獠牙的青面鬼們！

「哇！」客人們嚇了一跳，但旋即咯咯笑了起來，「哇靠，也太像了吧！」

「請跟我來，我要帶您去專屬鍋子好好煮熟妳！」青面鬼們會用粗嘎的聲音

說著，踏著重重的步伐，有模有樣的帶客人入場內。

在金屬鏤空的隔板後，就是六十坪大、挑高五公尺的「百鬼夜行」夜店，燈

光昏暗，黑色為主調的佈景，佐以紅、金色的燈光，牆上有許多駭人的鬼怪、魔

物塑像或圖畫，在上方的牆面上，還會有各式精怪的投影圖案。

大廳舞池自是廣大，座位區都在外圍，一張圓形立桌便能坐上三、四人，而圍繞著整個大廳的最外圍，便是有基本低消的包廂區。

每個包廂都有三坪大小，可打通可隔絕，門口均向著舞池，以黑色細絲為簾，在風吹或是人走過的輕拂中，可從間隙瞧見外頭的情況，如果想要更隱蔽，內層還有一層厚重的簾子，保證隔光。

但要想拉上這層簾子，必須通知夜店的營運經理，由她親自為您拉上，經理還會提醒隔光不隔音，請大家自重。

「百鬼夜行」明文規定：禁止毒品與色情交易，一旦被發現，當即報警，後果自負。

傳聞，有人在包廂裡以咖啡包毒品交易，自認神不知鬼不覺，但夜店經理卻即刻發現並報了警；而被抓獲的毒販們輕易交保出來後便到處發話，要讓「百鬼夜行」好看……但是事隔多日，不僅沒有出手，甚至連那群放話的毒販也沒再出現過了。

這樣的事情連著發生數次，最終都是毒販銷聲匿跡，許多人覺得「百鬼夜行」後頭勢力驚人，也漸漸讓有心人士不敢在裡頭造次；夜店一條街，要做手腳哪間夜店不行對吧？何必執著於「百鬼夜行」呢？

天曉得裡頭有什麼邪門的，讓犯罪人士只要犯了事就會消失？

「為您上酒喔！」穿著雪白衣服的女人素白一張臉，將第一輪酒送進包廂裡，「小姐的白雪與先生的深水炸彈。」

雪姬瞄了一眼，輕易將包廂裡的人熟記下來。

「雪女裝得好像喔！」女人讚許不已，「你們快看！注意看喔！」

包廂裡的人引頸企盼，「百鬼夜行」裡的服務人員各種唯妙唯肖的裝扮是小事，重點是他們舉止與說話方式，都會與扮演的角色一模一樣呢！

只見雪女先將深水炸彈放下，緊接著手裡拿著女人點的「白雪」調酒，握在手上微微晃動，每個人一雙眼睛緊盯她的手及杯子看，深怕錯過關鍵──嘰！杯中物在雪女手上迅速成冰，杯壁甚至罩上一層冰霧，雪女輕易的將杯子遞到女子眼前。

「哇……」她瞠目結舌，伸手摸了摸杯子，「真的冰凍了！」

「那是什麼化學原理嗎？利用冰晶分子？」男友趕緊問著，「就像讓冷水瞬間結冰一樣？」

只見雪女輕笑，退後著朝大家行禮，撥開黑簾走了出去。

什麼物理原理？她隨便一吹氣，就可以把這群傢伙變成冰棒棍好嗎！隔壁包

廂走出身上多處纏著血繃帶的女人，她是新進的服務人員之一，雪姬的下屬。

「還好吧？」雪姬關心的問著。

「她們想扯我的繃帶。」女人不安的回應。

「等等我讓人陪妳送餐。」雪姬拍拍她，「沒事的，客人就是好奇，我們本來就是店裡的特色啊。」

遠遠的一個視線襲來，雪姬朝對角看去，營運經理正在催促，快點，客人大量湧進、菜單同時送出，需要每個人快快快！

「我們人手這麼不足，棠棠為什麼不留下來幫忙啊？」雪姬忍不住抱怨了，「我們會照顧她啊！」

「唉，孩子有孩子的打算！我們想什麼沒有用！」拉彌亞嘆口氣，「要尊重孩子的想法！」

雪姬翻了個白眼，「人類，真的很麻煩。」

女孩騎著腳踏車在街上馳騁，附近所有夜店都認識她，紛紛笑著打招呼，女孩也一一回以微笑；她一路騎出這熱鬧的寧靜街，朝著她打工的便利商店前去，

刻意接下大夜班的工作，她就是不想在自家的夜店裡打工！

吵、死、了！

騎到一個路口時，乖乖的在腳踏車道等待綠燈，眼前是六線道大馬路的十字路口，紅燈燈號超過九十秒，她自個兒哼著歌等待，卻看見另一向走上斑馬線的人影，幾乎被黑霧包裹著！

「咦？」她雙眼一亮，是之前來過店裡的客人！

她當然記得啊，幾天前大夜才見過……他到便利商店來買東西時，她幾乎看不清楚他的模樣，只看到一團黑霧在行動！嚇得她不輕。

焦急的看著秒數，離上班還有點時間，她說不定可以去找他打個招呼……

啊？為什麼？女孩轉念一想，就只是兩面之緣的客人，純粹只是好奇，想知道他身上為何有重重黑霧，卻活得好好的？

這跟叔叔教的不一樣啊……女孩閉眼甩甩頭，那個客人說話態度很差，奧客有什麼好認識的！

對！她這麼說服著自己，一邊點點頭加強信心，夜風吹過，捲起了地上葉片往空中飛去……飛沙迷了女孩的眼，她難受得瞇起眼，看著在風中飛轉的葉子，

怎麼好像不太尋常？

唔——胸口突地覺得一陣緊，大事不妙！

「好大的恨意……好委屈……」她即刻張望，一定有什麼東西在附近——

啪！一雙手驀地抓住了她的龍頭，一張驚恐扭曲的臉就這麼塞在她的正前方，女孩幾乎嚇掉了雙手！

「呀——」她下意識向後退，腳踏車跟著往旁倒去。

一隻手及時拉住她的腳踏車龍頭，同時另一隻手抵著她的背不使她被腳踏車絆倒，女孩愣愣的看著將她車子扶正的男生，一時之間完全無法反應。

「沒事吧？」他看著女孩，看似關切的話語裡卻沒有誠意。

女孩僵著身子，因為她才回神，卻有個女人已站在她面前、幾乎貼著她鼻尖……那不是人，是真切的亡靈。

女人頸子上繫著一繩子，繩子嵌進腐爛的皮肉裡，她瞪大雙眼瞪著女孩，

女孩驚恐的看著那個女人，男孩卻拉過她的手，「妳先下來，快綠燈了，把車移上人行道。」

『我要……找……幫我！』

「……噢。」女孩慢半拍的點點頭，趕緊下了車，男孩則輕鬆的扛起她的腳踏車，朝一旁的人行道上擺去。

於此同時，綠燈亮起，前方機車早已蓄勢待發，油門一催紛紛衝了出去，車子不停的撞散了女人的靈魂，但她不以為意的試圖趴在其他車子上求援。

『誰⋯⋯可以⋯⋯幫⋯⋯』車子撞散魂魄，瞬間又組合，『幫我⋯⋯』

亡者總是處在人類之中，穿過了某個人的身體時，敏感者會打個哆嗦，大條者毫無感覺，亡者的存在之處亦會扭曲空間，看上去彷彿炎夏中因熱浪而扭曲的市容。

「⋯⋯嗨。」女孩回神，發現眼前的男孩就是她剛剛想上前打招呼的那位怪客人。

頸上繫著繩的女人持續朝她來時路走去，嘴裡依舊喃喃的喊著要人幫她，那可怕的模樣，是吊死的嗎？

「不要看他們，也不要讓他們知道妳看得見。」男孩架好腳踏車，突然開口，「妳不知道這個嗎？」

「咦？」女孩其實不驚訝，她知道他也感受得到什麼，他們都是「敏感者」。

敏感者的反應不同，她超不喜歡被亡者穿過身體的瞬間，那不是打寒顫這麼簡單，她會反胃噁心想吐。

「平常不會這麼直接的⋯⋯」

『誰來幫我啊！幫我——』女人突然在馬路中間咆哮，『爲什麼我會遇到這種事！不公平啊！』

啊！女孩驀地搗住胸口，整個人不支得蹲了下去，這是多大的恨意與不甘，連她都要覺得氣忿了！

男孩正回首看著那在中間咆哮的怨靈，這等怒氣，不要扯上關係的好！他正才想說些什麼，卻發現女孩不見了……

「喂，妳怎麼了？」視線下移，他看著蹲在地上、狀似痛苦的女孩，「肚子痛喔？」

女孩緊閉雙眼雙唇說不出話，女鬼好恨，她也好恨！

『去……百鬼夜行……』森幽的聲音陡然傳來，男孩眞的一顫身子。

他佯裝自然回頭，看見馬路上一個應當是車禍而亡的地縛靈，正拉著女人脖子的繩子，用殘存的手指向了遠方，『百鬼夜行。』

吊死的女人沒有遲疑，她邁開步伐，與車陣對衝著往馬路另一頭奔去，隨著她的遠去，女孩這才緩過來，仰起頭大口大口的深呼吸。

男孩困惑於剛剛的場面，但也沒困擾他太久，他低首看了眼，其實並不在乎她是哪邊不舒服。

「再見。」

語畢，他扭頭就走。

女孩依然蹲在那兒，看著亡靈走向她的來時路⋯⋯看來，今晚店裡又有客人了。

噹——沉重的鐘聲敲響了第一響，ＤＪ立刻讓音樂停止，全場燈光驟暗，紅色的燈光投射在舞池正中間，由上懸掛而下的大鐘敲響著，整間夜店裡鴉雀無聲。

十一點，子時，「百鬼夜行」的大鐘會敲響十二聲。

據說，最後一聲是給陰界的人聽的，那一聲過後，陰間大門大開，便是「百鬼夜行」之際。

這當然是種宣傳噱頭，但效果十足！現場幾百人沒有人敢拿出手機造成光害，而是抿緊唇靜靜的聽著迴盪在大廳裡的鐘聲；從沒有人看過這種特殊造型的鐘，鐘敲出來的聲音低沉，卻每一聲都彷彿能敲進人的心裡。

噹——噹——噹——

噹——第十二聲。

『子時已到，最後一聲鐘響後，陰界之門即將大開……』DJ湊近麥克風，

用陰森的聲音說著固定的台詞，『然後便是——』

「百、鬼、夜、行——」全場的客人異口同聲大喊著，DJ同時放出激烈的

音樂，下一秒電音響起，現場旋即陷入了瘋狂之中。

喝茫的男女與HIGH翻的音樂，每個人在失控與自制中遊走，或許也能算是

一種百鬼夜行吧。

門口的保鑣看向站在門前的女人，她頸子上的繩子非常有戲，保鑣朝她使了

眼色，女人遲疑著，大膽的走了進來。

不需要刷卡、也不需要入場券，外頭排隊人潮未減，喧譁聲依舊，她走過保

鑣中間，來到了金屬隔板前。

「噢！」小鮮肉發現了她的存在，揚起微笑，「歡迎光臨。」

他執起了她的左手，女人有一絲的驚愕，轉瞬間左手被套上了一個銀色的

手環。

「這是進來鬼域的通行證，千萬不要搞丟了喔！」男孩露出靦腆的笑容，親

自引領著她往夜店裡走。

幾乎就在她踏進舞池的瞬間，酒檯邊正與女人談笑的德古拉嘴角略凝，與客人自拍的雪姬頓了住，而拉彌亞直接轉過了身。

「欸，那個化妝化得好真喔！」在舞池裡跳舞的女孩們討論著。

「吊死鬼嗎？」大家打量著女人，「她的頸子畫得也太噁心！」

「靠，這樣等等十二點的仿妝賽，她不是第一名了嗎？」

女人看著這滿滿的人，突然意識到——這些人看得見她！看得見已經是死人的她！

「歡迎。」拉彌亞站在了女人面前。

「我……求求妳幫幫我……」女人看著拉彌亞，叫囂著，『我好恨——』

「沒問題，這邊請。」拉彌亞轉身，領著女人走向一旁全黑的包廂。

幾個人好奇的摸摸她的繩子，有人甚至想扯動，服務人員見狀連忙阻止，他們應該想看見頭被扯掉的特技。

「他們，都看得見我？」女人有些茫然，『我死後，幾乎都沒人看得見我了……』

『那當然，這裡可是百鬼夜行呢。』

第二章

吊死的亡靈

便利商店的叮咚聲響起，厲心棠正在上架，自然反應的喊了聲「歡迎光臨」，進來的客人有些熱鬧，孩子的聲音在撒嬌，一個想吃冰，另一個想吃零食，男人安撫著說太晚不能吃零食。

她正在零食區上架，果然看見一個走路不甚穩的孩子探頭過來，看見巧克力雙眼都亮了。

「不行，我們是來買牛奶的。」男人跟著進入視線，看來是父親了，「哥哥？」

他緊張回頭，不一會兒抓回了另一個較大的男孩，一手牽一個的到冷藏區去，看準他們的時間，厲心棠趕緊走回櫃檯邊，男人果然就買了兩小瓶牛奶，她熟練的為其結帳。

在這體感四十度的天氣？厲心棠覺得這父子三人有點奇怪。

男人的衣服有汗酸味兒，兩個孩子身上也髒得很，指甲縫裡藏著汙垢，看起來有些狼狽，再仔細觀察，頭髮也相當油膩，只怕幾天沒洗頭了。

「叔叔，」較大的孩子扯了扯他的手，「我們什麼時候要回家啊？」

「叔叔？厲心棠圓了眼，哇塞！她以為是爸爸耶！

「媽媽。」另一個小朋友也說了。

「媽媽忙，媽媽要工作！這陣子還是跟叔叔在一起喔！」男子對著小朋友說著，再轉過來看向較大的孩子，「暫時還沒辦法回去，先跟叔叔走吧！這是冒險啊，我們要找到城堡對不對？」

「城堡在哪裡呢？」大孩子好奇的問。

「在J市！我們再一下下就快到了！」男人用說故事的語氣，「到時候有好睡的床，還有非常好吃的食物！」

「哇～」

聲音隨著自動門關閉而結束，厲心棠遲疑了幾秒，最終趕緊抓過巧克力與甜點，先行結帳然後衝了出去。

「等等！」她叫住了站在車邊的男人，直接把東西塞進他手裡，「這個給你。」

「咦？」男人未來得及回應，厲心棠轉身就奔回了店裡。

沒多少錢的零食，如果能讓小朋友開心，那也沒什麼嘛！

男人握著手裡的零食，朝著便利商店行禮，接著便把孩子哄進車子後座，自個兒亦擠了進來。

「大姐姐送你們的巧克力，但只能吃一個，其他明天吃。」他關上車門時，

不忘鎖上，「接著喝完牛奶我們就睡覺了好嗎？」

男孩們聽話的點點頭，他細心的幫他們打開牛奶瓶，溫柔的看著兩個喝牛奶的孩子。

「我想聽歌！」哥哥嚷著，爬到前座去，發動引擎，選個電台讓孩子聽曲。

『幾天前在林投樹下發現的無名女屍，至今還未發現身分，由於屍體已嚴重腐爛，身上亦無證件，警方正在積極調查；但樹下被殘殺的嬰孩屍體已確定是頸骨折斷，警方不排除林投樹下的無名女屍與嬰孩之間的關係……』

男人趕緊把電台轉掉，但也沒轉到音樂台，他趕緊確定車窗與車門都緊鎖，然後把從廟裡求來的平安符掛好，還有佛像跟觀世音，全都妥善的擺好。

「不要怪我……」他恐懼的連連拜著，「妳就好好走吧！」

「叔叔！音樂！」孩子嚷著，男人用顫抖的手轉到了音樂台。

輕快的流行曲從音樂台中傳出，壓根兒不知道那是什麼歌，其實他想放的是大悲咒，大慈大悲觀世音菩薩，你們就好好的超渡她吧！

屬心棠喜歡看日出，她把腳架架在便利商店外的地上，錄下天空從黑暗變成

白天的畫面，縱使這裡瞧不見日出，那也能看到天色的變化，縮時處理後，依然動人。

她答應了人，要把每天的日出錄下來給他看。

打了個呵欠，走回店裡倒了杯咖啡喝，大夜是十一點到七點，日班同事已經來了，他們剛交班完畢，等等她就可以下班回家了。

「百鬼夜行」早晨六點關門，回去時大家應該清掃完畢，她還可以把影片給小德看。

不過，她想起昨晚看見的亡靈，如果那個人找到了店，只怕今天大家沒辦法那麼早睡了吧？「百鬼夜行」歡迎的不只有人，也有鬼，只要不在店裡造次，叔叔他們願意接納所有魑魅魍魎、魔物精怪的。

這是叔叔開設「百鬼夜行」的宗旨，要建立一個能納天下所有族類的地方。

「辛苦了！辛苦了！」下班時，厲心棠不忘跟下一班的同事道別。

「妳也辛苦了！」男同事小剛靦腆的笑著，大夜的女生長得漂亮不說，人又超有禮貌的！

「辛苦了！謝謝喔！」

厲心棠一出店門就趕緊騎著腳踏車飛奔回去，因為她很想知道昨晚的吊死鬼有沒有到店裡去，她那股忿恨與不甘又是為了什麼？她從不怕鬼，不管是意外或

是自殺，因為只要不具攻擊性就不可怕，但大家都提醒她要多留份心，就怕惹到不該惹的傢伙，憑她一己之力是無法對抗的。

但是如果在店裡，她就是天不怕地不怕！

車子騎過大馬路、穿過小巷，清晨無人時她會避免騎過於偏僻的巷弄，尤其是寧靜街的外圍，那邊三教九流太多，危險性太高，人類永遠比鬼怪可怕，這個她知之甚詳。

所以她永遠都走寧靜街，寬敞舒適，隨著朝陽的昇起，夜店酒吧均已關閉，清潔隊員正在清掃，接近街尾的廂心棠禁不住慢下車速，盯著「百鬼夜行」大門旁的身影看。

男孩蹲在「百鬼夜行」與右邊店家的牆角轉角處，看起來是睡著了，頭垂得老低，但耳朵上的耳機她可熟了……是昨天晚上幫她的那個男孩！

他在這裡做什麼？

跳下腳踏車，她牽著車往前走，還沒靠近男孩，他便如驚弓之鳥般抬頭，一雙眼睛清明銳利，防備似的盯著她。

這嚇得廂心棠止步，第一次勉強看見男孩前髮下的雙眼，銳利彷彿帶有殺氣，嚇得她不敢輕舉妄動。

「咦？」在看清逼近的人後，男孩瞬間軟了眼神，「妳？又是妳？」

「我才想問吧！你在這裡幹嘛？店關了喔！」厲心棠打量著男孩，「你成年了嗎？主街上的酒吧未成年是不能進去的。」

男孩很明顯的不想回答她這個問題，只是揉揉眼，試圖站起來時，卻發現腳麻，一時站不起來了。

呃……要幫忙嗎？厲心棠遲疑著，這個傢伙冷冰冰的，感覺好像做什麼錯什麼。

男孩半站起身，背靠著牆，看著厲心棠牽著車子，再往左邊瞄向大門緊閉的「百鬼夜行」，他倒也覺得有趣。

「妳下班了？下班跑到這裡？如妳說的，店都關了。」而且這條街還沒早餐店，走出主街才有。

「我回家啊。」厲心棠聳了聳肩，「你看起來沒什麼問題就好，再見。」

龍頭一轉，她轉向了「百鬼夜行」大門旁，出入她自然是從後門，所以準備牽著車往右邊的小道走去。

什麼!?男孩瞬間雙眼一亮，趕快直起身子往前，「妳住這裡？妳住夜店？」

嗯……厲心棠再度停下腳步，遲疑的回頭看著追上來的他，「你要幹嘛？我

「建議你不要跟著我喔，這是為你好。」

吻問著。

「不是，妳住裡面？所以妳認識這間店的老闆？」男孩帶著狐疑又急切的口

厲心棠「啊」了一聲，後退一步，從上到下的打量起男孩。

扣掉過長的前髮外，是個顏值水準之上的男孩，有種酷帥的感覺，精緻的五

官，憂鬱又帶點混血兒的味道，如果畫上粗黑眼線，倒也不失為哥德風的美男子。

「我沒聽說店裡最近缺人，你想應徵的話，得上人力銀行去——」厲心棠解

釋著正常應聘流程。

「所以昨晚那女鬼說的百鬼夜行，妳知道她是指這間店囉？」男孩懶得繞

彎，開門見山，「為什麼地縛靈會告訴吊死鬼，這裡能幫她？」

厲心棠瞬間瞪圓了大眼，一口氣梗著，好一會兒才勉強擠出微笑，這個問題

的答案很簡單，但是她卻不知道該怎麼對一個普通人回答！

「我得回家了，我有門禁的，過了時間不進門的話……」餘音未落，他們就

聽見了小門裡的鍊子聲！「哇咧！」

厲心棠慌張的看了看手錶，就剩五秒了！她嚇得推開男孩，「你快走！快

點，我是為了你好，要是讓他們看見你纏著我不讓我進門的話，你——」

咿歪——黑色的鐵門拉開了。

穿著西裝的瘦弱女人一眼就看見了在門前的男女，男孩當場愣住，那個女人只有一半是人，另一半是……他順著往下看，在另一個褲管下，看見了長長的蛇尾。

「半人蛇!?」他驚訝的吐出這幾個字！

「什麼?」厲心棠詫異的看向他，「這你也看得見?」

拉彌亞冷冷一笑，左邊嘴角吐出了分岔的舌信，在厲心棠反應之前，長長的尾巴剎那間捲住了男孩，直接往「百鬼夜行」裡拖了進去！

「住手啊！彌姐姐！」厲心棠嚇到了，連忙嚷著。

「外面怎麼回事？為什麼棠棠還沒回來?」裡頭是一堆人的聲音。

「有個變態在外面騷擾她！」

被纏住在半空中晃的男孩瞪圓了雙眼，看著後門那兒急著追進來的女孩——

「到底誰是變態啦！」

「他——不——是——啦——」

蛇尾捲著他在空中上搖下晃的，男孩坐了一趟免費又刺激還加時的雲霄飛車，他看見燈光通明的夜店大廳，一堆鬼魅正疾速收拾擦桌掃地，接著他被帶上

樓……總之被扔上地時，疼得他屁股都要摔成兩半。

好不容易才回神的撐著地面想起身，眼前卻突然被一群人團團圍住，由上而下的睨著他。

「你敢騷擾我家棠棠？」一臉死白的女人瞇起眼，一邊說一邊自嘴巴吐出寒氣。

「讓我吸他的骨髓吧！」青面鬼舔了舔嘴，還嚥了口口水。

「血給我吧！他不是客人啊！」接待員正太們露出一臉燦笑。

終於，一隻手撥開了圍觀的人群，像演古裝劇似的，一襲水藍衣的男人鑽了進來，認真打量起坐在地上的男孩。

「我的天哪……」

男孩昨晚查過「百鬼夜行」這間夜店，知道他們的詭譎風格，夜店裡揉和了中西鬼怪魔物設計，連服務生也都是裝扮得唯妙唯肖——但這哪是裝扮啊？他們根本全數本色演出！

這些人，全都不是人！

「他看得見我們的真身喔。」男人讚許的笑了起來，「難得的人類喔！」

他的身後跟著鑽進一個古典美的紅唇女人，「哦，是了，有雙不錯的眼睛。」

喝！男孩直覺別開了頭，眼眸低垂，閃開視線。

樓梯上終於傳來鞭炮般的響聲，厲心棠衝上了樓，自古裝男女中間鑽出來。

「別鬧了！他不是變態也沒騷擾我，我們就是在聊天！」她緊張的嚷嚷。

「搭訕？」小鮮肉唉呀了聲，「誰配得上我們棠棠？」

「搭訕的男人都心懷不軌。」雪姬挑了眉，向上的手指直接把空氣中的水凝

成了冰，「殺！」

「等等等等——」厲心棠緊張的雙腳一跪，竟背對了男孩，雙手呈大字的張

開，迎向了她的親人們，「他只是在問我店裡的事情，他想應徵，我才在跟他解

釋……」

看著眼前的祖護身影，男孩失了幾秒心神，這女孩是在保護他嗎？

「我不是要應徵！我是來問為什麼那個吊死鬼會被引導到這裡？」男孩及時

回神，「這裡是能幫助那些亡者嗎？」

「吊死鬼……」所有人的視線，突然紛紛上揚，卻看向了男孩的背後。

呃……厲心棠跟著大家的視線往上，這高度還真高啊，但是她完全不想回頭

耶！坐在地上的男孩更是覺得背脊發涼，緊張的握了握拳，緩緩回過頭去，就見

一雙腳在他面前晃呀晃的……

『你是說，這個吊死鬼嗎？』吊在樑上的女人用凸眼瞪著他，滿是忿恨之心。

「哇！」男孩即刻轉了一百八十度，改成面對吊死鬼，就是昨晚那個女人！

「有禮貌點，什麼吊死鬼，這是客人。」拉彌亞嘆口氣，「來者是客，小淘，上手環。」

什麼？在男孩還沒反應過來之際，小鮮肉唰地來到他面前，正要執起他的手，男孩卻警戒似的退開，並且向上瞪向了小鮮肉。

咦？小鮮肉幾秒的錯愕，突然上唇一翻，鼻頭一皺，緊接著露出尖牙──古裝男孩從容趕至，伸手擋住了小淘的雙眼，「小淘！」

「進來的客人都要戴上識別環，大家才知道你不是小偷啦！」厲心棠直接接過手環，往男孩手上一套，「既然你看得見那些，就知道在這裡不是客人的下場會很慘！」

喀噠的聲音讓男孩略微鬆解，看向一回身就說想吃早餐的厲心棠，這女孩未免也太自然了吧？

小鮮肉突然甩甩頭，有些困惑的留意到自己露出了尖齒，緊張的看向眼前的男人，「老大，我……」

「沒事，沒事！工作一晚也累了吧！先去休息吧！」他拍拍小鮮肉的肩，

「沒嚇到棠棠的！放心！」

小淘聞言鬆了口氣，遠遠瞥了厲心棠一眼，向老大欠身後，便退出了二樓。

拉彌亞請男孩坐，仙氣女人則推了推亡者的腳，請她下來好好談談。

男孩謹慎的打量四周，坐上一位斷頸鬼送來的椅子，這層樓相當的寬敞，四

周全是緊閉的包廂，而且包廂門是紮實的門板，他們所在之處就是中央舞池，每

個人都是自己拖著椅子來坐的。

「吃過早餐了嗎？想吃點什麼？」仙氣女人朝著男孩溫柔的說，「我們這裡

有貪吃鬼，他什麼都會煮。」

吃鬼做的食物？男孩面無表情的搖了搖頭，敬謝不敏。

「難得有機會，不吃你會後悔！」厲心棠拖著椅子一路發出刺耳的聲音，塞

了個縫坐下，「大胖，給他來份法式蛋吐司吧！」

事實上男孩根本不知道她在跟誰說話，重點是他沒有要吃早餐的意思啊！但

他懶得拒絕，只是打量著厲心棠，想確定她是人是鬼。

吊死鬼被請了下來，坐在高腳桌上，這不知道是什麼通病，上吊死了就算說

話，也硬要比一般人高一階；男孩留意到女鬼的左手有個銀色手環，同時還有一

個藍色手環，而他卻是右腕，金色。

「又來，妳得到昨晚的最佳化妝比賽獎喔！」厲心棠看著亡者的左手，「我說每晚都是真的鬼拿，是不是有點不公平啊？」

「全場都同意啊。」拉彌亞聳了聳肩。

最佳……男孩深吸了一口氣，對，「百鬼夜行」每晚都有最佳造型比賽，都是貨真價實的亡者拿走嗎？是啊，瞧瞧她那被繩子嵌進的糜爛模樣，特效化妝都望塵莫及的真實啊！

「我想問，這裡能替亡者解決問題是嗎？」男孩突然開口，「以後我是不是只要被纏上，也可以直接請他們過來這裡？」

吊死鬼幽幽看向左方的仙氣女人，淚水流下，這也是她想問的。

「當然不行，我們雖然隨緣但不隨便，百鬼夜行的名號也不需要讓一個陌生人隨便宣傳。」古代男看上去是和藹可親，但眼神裡沒有絲毫笑意，「棠棠？」

女孩即刻領會，認真的轉面向男孩。

「噢，我叫厲心棠，心中的海棠的心棠。」厲心棠朝著男孩自我介紹，「這是我的……家人們。」

家人？男孩一時以為他聽錯了什麼！

「我最近走寧采臣風，員工叫我老大，棠棠叫我叔叔，我喜歡叔叔。」叔叔滿足的笑道，「這位是我這輩子的好朋友，你看她這古典仙女的模樣，就知道她是……」

「小倩？」男孩吐出這兩個字時，都覺得艱困。

「我很適合啊，但大家都稱呼我雅姐，我也喜歡這個稱呼。」大姐又說了一個沒有名字的稱謂。

「我是拉彌亞，你看得清我。」營運經理是半人半蛇妖的女孩，他的確看得一清二楚。

「雪姬。」雪女敵視著他，依然坐在斜對面，「我名字太多了，叫我雪姬就好。」

「其他人以後再慢慢認識，你呢？」厲心棠自然的問著，天花板突然墜下一個盤子，叔叔伸手輕鬆接過。

那是一盤色香味俱全的法式吐司佐炒蛋，接著又一紅色杯子落下，大姐穩當接過，一滴都沒濺出來；拉彌亞的蛇尾唰地捲起一張茶几拖到大家跟前，好讓大家擺放早餐。

「胡蘿蔔汁耶，你敢喝吧？」厲心棠眨了眨眼，看起來她不太敢。

男孩非常敷衍的點了點頭，看著擺在他面前那看起來像可以吃的食物。

爲什麼今天這個早上他會在一個全是鬼怪的地方，吃一般⋯⋯不，奢華的早餐，還被一群怪物包圍⋯⋯嗯？意識到室內的安靜，他緩緩抬起頭，發現所有人視線都盯著他，帶著點期待。

他是不是不該進來？心裡後悔七百遍後，最後也只能嘆氣，「我叫闕擎，闕如的闕，引擎的擎。」

「⋯⋯真難寫。」厲心棠爲他同情了一秒。

「百鬼夜行歡迎所有人來，但不需要大力宣傳，我們名號也不是隨便能讓人說的。」叔叔輕哂，「像這位客人想必是透過我們允許的介紹過來的吧！」

允許？闕擎覺得這個詞很奇怪。

亡者點了點頭，說了地縛靈的事，厲心棠也即刻應和，她與闕擎同時見到的！這讓雅姐瞥了闕擎一眼，原來他們不是今天才認識的啊！

「他到過我店裡買東西，當時身後跟了個阿飄，後來又有遇到。」厲心棠立即解釋，省得大家在那邊亂猜，「然後昨天又剛好遇到。」

「剛～好～啊⋯⋯」連背後那些小鬼都異口同聲了。

「真的是剛好！今天這位、這位客人很痛苦，她心有不甘，又有怨恨，昨天

感染到我時讓我很難受！還嚇我！」厲心棠微咬了唇，不喜歡那位吊死鬼小姐，

「緊要關頭之際是關擊幫我的。」

感染嗎？關擊留意到厲心棠用很奇妙的詞，「所以妳能感受到亡者的情緒？」

「……嗯，強烈時。」厲心棠點了點頭，有點無奈。

「但現在妳看來好端端的，昨天可是難受得都鬆開腳踏車了！」昨晚他本以

為亡者是要傷害厲心棠才跑過去的。

「她在這裡，我們怎麼可能讓她難受？」叔叔寵溺的笑著，「誰敢讓棠棠受

傷，不管生理或心理——」

一屋子的魍魎魑魅，同時露出一抹富含殺氣的笑容。

關擊深吸了一口氣，這是他進門以來覺得最毛骨悚然的一刻——他們是認真

的、愛著這個人類的女孩啊！

這麼說……他眼尾瞄向了那個吊死鬼，她完全沒聽懂這群傢伙言下之意嗎？

這女人昨晚嚇到了厲心棠，死定了吧！

「我要幫忙，我好恨！」吊死鬼果然立刻看向叔叔，「拜託你們幫我，我要

殺了他！殺了他——」

「她是客人，有緣，會暫且放過。」拉彌亞凝視著關擊，早知道他心中所想

似的，爲他解惑。

哦，客人，他再度瞄向那左手上的銀色手環，這是標記啊。

「殺了誰？」叔叔問著。

「殺了——」吊死鬼瞬間露出駭人的猙獰面貌，厲心棠下意識別過頭，她不

怕鬼，但不喜歡那嚇人的模樣。

吊死鬼到這裡頓住了，她回答不出來，那因窒息而死的血絲眸子向上翻著，

像是試圖想回想什麼似的。

「妳叫什麼名字？」雅姐再問。

「我……我叫……」吊死鬼揪緊著雙手，互掐著顫抖，卻半天說不出話來，

「我不記得了！」

不意外，忘記自己死亡的亡者非常多，多半都是在極度驚恐中死亡，類似活

人遭遇車禍或重大事故時，那段時間的記憶很常無法留存。

「我感受到的是恨，還有不甘心，非常強烈！」厲心棠已經吃起從三樓穿透

下的早餐了，「妳至少記得這個吧？」

「記得！我記得！我記得！」吊死鬼激動的喊著，「我是被殺的，我不甘心，我失去

了一切，我要找那個人報仇！」

在她怒吼的瞬間，整張臉變得扭曲，被繩子繫緊的頸子也要迸開似的，關擎有些緊張的想離位，這個死者的怨氣太強了，隨時都可能轉化。

「不怕。」斜對面的叔叔彷彿知道他的擔憂，溫柔的伸出左手，按捺住他。

吊死鬼很快的緩了下來，接著突然變得可憐兮兮，淚水撲簌簌的滴落，一如平時見到的一樣，淚水總是滴落到物品後旋即消失。

「我們這裡不介入他人命運，也不會幫人報仇。」雅姐輕聲的說道。

「什麼？」吊死鬼顯得不爽，「但我一個人沒辦法，這裡不是可以幫助亡者嗎？」

只見雅姐一彈指，拉彌亞即刻上前，手裡不知何時抱了一本硬殼紅絨布協議夾，敞開在吊死鬼面前。

「我們可以協助妳離開人世，超渡方案有這上面的幾種，但是不知您前世做了什麼事情，若非罪大惡極者，我們還是可以多少幫點忙。」拉彌亞專業的解析，「如果妳確定是被殺的冤死型，您可以考慮超渡方案三，只要加點價，我們還可以設法讓您申冤。」

吊死鬼盯著眼前分格有序的「方案」，有點兒懂了，一旁的關擎才是瞠目結舌，超渡方案是什麼東西？這間夜店開業已久，裡面居然有在做這種「服務」！

所以昨天的地縛靈才會引導吊死鬼來這裡，以為她是迷途亡者……是啦，某方面而言她是迷途，因為連自己是誰都不記得了！

「我不要這種！」果不其然，吊死鬼沒幾秒又暴走，頸間的繩子咻地自動伸直，咻地往上繫住了樑，「我要找到我是誰，我要找到那個殺死我的人──」

拉彌亞面無表情的蓋起協議夾，朝旁邊的老大瞥了一眼，天亮了，大家該睡了好嗎？

「很遺憾，我們不會幫妳做這些事，因為我們不介入人類的命運。」叔叔再次重申，卻突然轉向了厲心棠，「不過，如果是人類幫助人類的話──」

老大！一屋子魑魅鬼魅突然繃緊神經，老大看著棠棠是什麼意思？

這下，連關擎也都看向了大口吃著饅頭夾蔥蛋的女孩，她還嚼著嚼著，一點兒都沒發現問題所在。

「是啊，透過緩慢的調查，幫妳找出生前之路。」雅姐仰著頭，看著一生生氣就想吊死的女人說著，「收費比較便宜，也是在我們能允許的範圍內。」

咻──繩子瞬間解開，吊死鬼摔回了位子上，一秒又變得楚楚可憐了。

「真……真的嗎？」她放軟了口吻，「我願意，只要能知道我是誰、是誰殺了我，我都願意。」

「話先說在前頭，找到凶手，要走人類的路子，妳若傷了人——」拉彌亞突然嚴肅接口，「所有超渡方案就不適合妳了，妳就會變成——」

拉彌亞手裡的紅色協議夾瞬間變成黑色，上頭一個一個浮現出燙金的字體：

「逃亡方案」。

冷冷一笑，「好自為之。」

「但如果地獄先找上我們，我們先接了他們的單，就不會幫妳了喔！」雪姬

吊死鬼彷彿沒心情聽，她一心一意只想知道自己是誰，為什麼被殺死！

「棠棠。」叔叔輕柔的呼喚厲心棠，她瞬間打了個寒顫，這才回過神來。

「幹、幹嘛!?」叔叔每次這麼溫和，絕對沒好事。

「就麻煩妳了，幫這位姐姐找到她生前的事，她是誰，以及誰殺了她。」叔叔指向吊死鬼。

咦？厲心棠錯愕的看著正對面的古風男，再看向他身邊的雅姐，雅姐微微點了頭，嘴角噙著笑，身旁的關擎卻覺得不可思議。

「等等，我是看不出來兩位是什麼，但你們要知道，跟亡者打交道不會有好事，」關擎突然出聲阻止，「她恨意很強，殺氣又重，萬一一個差錯異變，你們怎麼躲？」

厲心棠有點窩心的看向他，「躲……她不會傷害我吧？」

「正常的鬼不會，不正常的難說。」關擎鄭重其事，「既然是家人，怎麼會讓妳犯險？而且忘記有時是種福報，妳不是上吊的嗎？為什麼會認為是被殺的？」

「我是！我知道我是被掐死的！我恨那個人──我忘了他是誰，但這份恨是真的！」吊死鬼哭了出來，「我醒來前滿腦子都是恨意，他騙了我、騙了我！」

「哼，一定是男人。」雪姬別過了頭，幽幽補充。

「我真的可以嗎？」厲心棠喜出望外的跳了起來，「我沒問題！我可以的──

如果妳信任我，我可以立刻去幫妳找！」

什麼……什麼東西？關擎目瞪口呆，剛剛那女孩的遲疑不是害怕，是興奮嗎？

他還在錯愕，拉彌亞再度拿出專業簽約板，厲心棠直接從頸子間抽出項鍊，項鍊上是把五公分的小刀，二話不說劃開手指就往上按掐指紋；而吊死鬼則往自己頸間一抹，也蓋上了指紋。

關擎真的覺得自己是在做夢。

怎麼會來到這麼詭異的地方，還看見莫名其妙的簽約方式……好，不關他的事！關擎這麼告訴自己，他想回去補眠了，這裡的一切都與他無關。

他原本只是想……啊對，他來幹嘛的？

「闕擎，」叔叔突然喊住了準備要離開的他，「對於你剛剛的提議，我們決定同意。」

「嗯？闕擎回首，有些措手不及。

「但是，你必須累點，跟超商積點一樣，端看你每次做事能累積到的點數而定，我們會決定你可以對亡者提起百鬼夜行的次數。」雅姐捲動著黑色長髮，

「比例依照事件難度而定，但你必須相信，我們不騙人。」

後頭正在擦桌子的青面小鬼同時翻個白眼，還有人在叔叔背後對著闕擎做出一個抹脖子的手勢⋯⋯看來不能信。

「累點，換取提起百鬼夜行的次數？」闕擎覺得有點可笑，「你們真的覺得我會信這種事？」

叔叔笑了起來，那是一種恥笑，非常不加掩飾。

「你可以試試看啊。」厲心棠輕輕戳了戳他，「現在說十次百鬼夜行。」

「��⋯⋯」闕擎張口欲言，他原本想要唸出一連串的「百鬼夜行」，但卻無論如何都說不出口！

他驚恐的看著眼前的眾人，不可思議的站起身，這些人控制了他的話語！

「累點，換取對亡者提起百鬼夜行的次數，就這麼簡單。」雅姐說得稀鬆平

常，「你要換現金也行，你就是我們的鐘點工讀生，我可以給你時薪一千元。」

「一千？」厲心棠跳了起來，「雅姐，我打工一小時才一百三十耶，妳——」

「誰叫妳不在自家打工！」雪姬補刀。

「我……」厲心棠雙拳緊握，一千……不行，她就是為了想脫離這個環境啊！

她總是要多跟人類相處吧！

「我要怎麼累點？」闕擎輕易出聲，原來只要不提起「百鬼夜行」這四個字，其他話語倒是能輕易說出。

叔叔跟雅姐同時伸出手，先指向他，再同時指向了厲心棠。

「幫她一起查，這位小姐的生前足跡。」

「幫……」闕擎倒抽一口氣，「我就是因為不想管這些鬼的事情，我才——」

蓋著血手印的合約移到了他的面前，拉彌亞指著厲心棠指印的旁邊，同時遞出了一把刀。

「幫一次，可以抵未來麻煩的十次。」拉彌亞那看似柔弱的臉，有著不相襯的精明雙眸，「很划算的喔！」

闕擎深吸一口氣，龐大的壓力自四面八方包圍而來。

他，就不該踏進這間黑店！

第三章

空白的人生

望著自己貼著 OK 繃的大姆指，闕擎突然覺得自己是瘋了！他爲什麼會去簽下那份契約？這麼多年來，不管遇到多少次亡靈，就不看不管就好了啊……當然也不是每次閃避就有用，但至少不必這樣主動的介入別人命運啊！

別人、別隻鬼，不管是什麼他都不喜歡！

這無疑是破壞了他的平靜生活，他只想當個稱職的邊緣人，一直以來他都做得很成功，但爲什麼今天會破了功？還是自己造成的！

下午醒來，望著天花板時還在想，一可能是場夢；赫赫有名的「百鬼夜行」夜店，太多不是人的東西，有鬼、有精怪，有傳說中的雪女、半人半蛇的拉彌亞，還有青面鬼……各種死狀的鬼，但姆指上的刺痛卻告訴他，上午的一切都是現實。

想著想著，他胃都痛了。

站在約定的路口，他依然戴著黑色的耳機，靜靜的將自己隱藏起來，看著路上熙來攘往的人群，平時這時候的他應該是窩在小房間裡，自在的獨處。

「老師給了我好好吃的巧克力！」眼前經過的孩子正跟母親說著話，奶音聽起來甚是可愛。

「我覺得，我有孩子。」

冷不防的，身邊坐了那吊死的女人，闕擎整個人差點沒跳起來！

路人瞥了他一眼，只當他是怪人，莫名其妙動作這麼大做什麼？闕擎驚魂未定的看著著吊死模樣的女人，壓下罵髒話的衝動。

誠如他所說，這女人怨氣很重，有變成厲鬼的潛能，他不想去冒險。

「大姐，我想說明一下，妳的死狀不是很好看，這樣突然出現會嚇死人的。」

闕擎說話一點兒也不客氣，「我知道妳照不了鏡子，但拜託……先出點聲。」

吊死鬼凝視著那些牽著孩子的女人們，孩子的笑聲彷彿在她耳邊響起，她也這樣牽過孩子，也抱過，孩子會躺在她懷裡喊媽媽……媽媽……也有另一個聲音是哭著的。

為什麼哭？她不記得了。

「對，我有孩子！而且不只一個！」鬼大姐根本沒在聽他說話，再度站了起來，繩子還差點甩到他，「我有兩個以上的孩子，我已經是媽媽了！」

應該是。

闕擎默默關掉手機的螢幕，他下午三點起床，花了點時間查詢「吊死」的新聞，說實在這種自殺法現在很不流行，被殺案件的話，最近流行的不是槍就是刀，這種方式真的大幅減少。

但他很快的查到了相關新聞，也明白為什麼鬼大姐會在這時出現了。

「久等了！」腳踏車煞車音永遠刺耳，厲心棠氣喘吁吁的趕到。

她大夜十一點上班，所以他們約五點見面，這時鬼大姐出沒時他們比較能看得見，雖然闞擎祈禱可以不要再看見她，但不知道是不是那份合約生效，他不但看得到鬼大姐，而且比平時看見的亡靈要更清晰了。

吊死的狀態真的很糟，死亡的過程中得有多痛苦了。

「我們要從哪裡著手？鬼大姐剛說她有小孩。」闞擎不想浪費時間，希望速戰速決。

「應該是有啦！」厲心棠回答得俐落，「我想從姐上吊的地方開始。」她知道了。闞擎聽話語便知道厲心棠也查到了這兩天的新聞，有具腐屍被發現，這應該就是鬼大姐現身的原因了。

「妳知道我有孩子？」鬼大姐也不傻，聽出了端倪，「我是不是有兩個？一定有兩個，都是男孩……他們會叫我媽媽，也會哭……哭著……」

孩子在哭，哭聲淒厲，她曾看著那小巧臉蛋嚎啕大哭。

「目前只知道一個。」厲心棠倒是不掩飾，「上週有具屍體被發現，還吊在林投樹上，警方在屍體腳下的地裡，發現另一具被埋起來的嬰孩。」

啊……她想起來了！她的孩子哭得淒慘是在求救，孩子哭聲淒厲，他們母子是一起被殺的！

「掐……我是被掐死的！孩子也是！」鬼大姐難受的哭了起來，扣住自己的頸子，「我不能呼吸，痛苦的掙扎，但對方力氣好大，我什麼都做不了！」

「男人的手有什麼特徵？」厲心棠突然追問了。

闕擎皺眉，這是在看電視劇嗎？還可以回憶後再放大外加縮小定格是不是？

手……鬼大姐很努力的想去思考，但就是想不起來。

「好，跳過！我給妳看些圖片。」厲心棠立刻拿出手機，裡頭存著照片。

闕擎湊過去瞄了眼，果然是發現遺體的地方，不過都是風景照。

在K縣的海邊，有一大片林投樹林，由於水域不甚乾淨，所以很少人去那邊戲水，多半都是情人們去觀海；海岸線很長，也不是每個點都是觀光區，約莫一週前，有情侶走到了偏僻處，卻意外的發現了其中一棵樹下，吊著一個人。

警方到場勘查，屍體仍舊吊在樹上，但是至少已經腐爛半年，且難以辨識，又發現了掩埋痕跡，開挖後赫然發現，是一具被包裹著極好的嬰孩屍體。

初步判定，嬰孩不超過六個月大，也已經腐爛許久，應該與林投樹下的女性

同時死亡的。

案件進入屍檢狀態，還不能斷定是自殺或是他殺，重點是兩具屍體身上都沒有任何身分標示，警方正在對照失蹤人口，希望先知道死者的真實身分。

闕擎不單單是由吊死這件事判定鬼大姐就是那個女人，還有她身上的樹葉，正是林投樹的葉子。

死亡半年以上，現在才忿怒的出現說自己是被殺的，怎麼想都覺得是因為屍首被發現，靈體才醒了過來。

鬼大姐看著那一整片的林投樹林，拼命的想回想，依然是一片空白，殘留的記憶只有恐懼與怨恨，死前的恐懼深深刻在她的靈魂裡，其他都無法回想。

「不急，我們慢慢來。」厲心棠非常有耐心，「等等我們搭公車，您跟著我們一起看看街景，只要想到什麼都跟我們說。」

鬼大姐緊擰眉心，看上去很困惑。

闕擎跟著厲心棠走，這種事他沒經驗也不想有經驗，總之厲心棠隨手攔了一輛公車便上車，兩個人挑了後頭的雙人座第二排坐下，雖沒看見鬼大姐，但他們都知道她會跟上的。

漫無目的的陪一個阿飄大姐坐公車，這種體驗真是新奇啊。

「妳爲什麼會想做這種事？」關擎忍不住問了，因爲窗邊的女孩一整個處於亢奮狀態。

「咦？我一直很想做這種事啊，是叔叔不許的！」厲心棠露出開心臉龐，「大概我成年了，突然解禁了。」

「重點是妳爲什麼想做這種事？這根本是我避之唯恐不及的！」關擎始終緊眉，更添憂鬱氣息，他百思不解。

厲心棠反而對他的問題感到困惑，「因爲想幫他們啊！你也看到了我是被哪些人養大的，只要不傷人的話，我都不怕！我也想試著跟他們接觸、瞭解他們，甚至未來有一天也能超渡他們。」

「這些都是叔叔他們在做的！每個人都有能力，整間『百鬼夜行』裡，就她這個人類最沒用了！但未來她也想做一個能幫助亡者前往來生之路的人、或是引導精怪們安穩生活，所以很多事她必須親自體驗。

另外，就是「百鬼夜行」不介入人類命運，這點她某部分難以苟同。

就像這位鬼大姐被發現遺體，已經死亡半年以上，她的靈魂才因此清醒，警方尚在調查她是自殺還是他殺，因爲遺體腐爛嚴重需要點時間；但是鬼大姐確定她是被殺的，即使是這樣的亡靈，叔叔他們依然不會協助她，尋找殺她的凶手。

「百鬼夜行」只負責引路，與各界協調或是幫他們往超渡路上走，但不會告訴他們誰殺了誰，甚至也不會幫任何一個亡靈圓夢。

整間「百鬼夜行」裡囊括了古今中外的鬼怪或是妖物，大家能力都超強，結果什麼都不做？

她當然要好好把握機會啊！

從以前她就想試著幫助迷途的亡者，但每每被阻止，這次叔叔好不容易應允了，

闕擎望著厲心棠那張神采奕奕的臉龐，完全無法相信，聽聽她的口吻，多理所當然……的蠢啊！

「妳太天真了，鬼是人變的，人心最難測，這很可怕。」闕擎稍微張望，

「就鬼大姐來說，她身上戾氣很重，我不覺得她多無辜。」

厲心棠微噘起嘴，她不認識也不瞭解鬼大姐啊！

「你不相信任何人對吧？」厲心棠挑了挑眉，「早上你一口早餐都沒吃。」

「妳媽沒交代過妳，不能隨便吃陌生人、包括陌生鬼給的食物嗎？」闕擎直接回擊。

「沒有。」厲心棠回得乾脆，「因為我沒有媽媽。」

呃。闕擎有兩秒的尷尬，但其實他一點都不愧疚，他也沒有啊！奇怪！

「總之……」公車停下，乘客正從後門上車，闕擎突然止住了話語。

有東西混在人群中上來了。

那是個頭顱扁掉的傢伙，渾身是血的上車，四肢都有斷骨穿出，看上去很像是車禍喪生的亡者，口裡喃喃自語，大方的在闕擎面前坐下來。

「什麼？」厲心棠自然的追問，怎麼說到一半不說了？

闕擎眼尾瞥她一眼，示意前方的亡靈。

「嗯？」厲心棠完全不懂他在說什麼，「你剛說總之什麼？」

「總之，要小心。」闕擎暗指指向前方，這女孩是怎樣？沒看見前面有阿飄嗎？

「我知道，雅姐都交代了。」厲心棠有些不耐煩的看向窗外，「我被一大群人管，天天唸都聽膩了，拜託你不要再唸。」

刹——前方的亡靈候而回頭，眨眼間竟衝到了厲心棠面前，嘴張大到幾乎可以吞下她頭顱的地步，發出了怒吼聲。

闕擎差點就要叫出來了，可厲心棠卻毫不在意的與那亡者對看，彷彿她前面什麼都沒有……可是他的反應，卻引起了亡者的注意。

『你……看得見我？』亡者幽幽轉過頭來，『你看——』

『這是我的位子！滾開！』

高分貝的尖叫傳來，那亡靈瞬間被推出了公車外！闕擎吃驚的看著在前座的

鬼大姐，她還噴了一聲，悠哉的坐了下來。

「鬼大姐，有看到什麼嗎？」厲心棠朝斜前方低聲問著，不讓其他人覺得他

們奇怪。

鬼大姐搖了搖頭，一臉沮喪。

「不急，慢慢來！」厲心棠超有耐心的拍拍椅背。

闕擎看著坐在他前方的鬼大姐，再看向左手邊的厲心棠，這狀況非常不對勁

啊……這個鬼大姐的個性也太差了吧，她想要的位子別人就得讓嗎？大家都是亡

者，坐哪兒不都一樣？也太霸了吧！

再來是這女人，未免也太臨危不亂了。

公車一站接一站的停，鬼大姐也只是左看看右看看，終於有人坐上了鬼大姐

的位子，她並沒有起身，而是厭惡的希望趕走坐在她身上的人。

「憑什麼坐在我身上！很不舒服！」她氣急敗壞的罵著。

但不舒服的絕對不會是她，果然沒多久那個乘客臉色變得難看，因為鬼大姐

朝她的胃裡胡攪，弄得她反胃不適的急欲下車。

女孩按了鈴，匆匆衝下車，公車駛離時，闕擎刻意往車後瞄了眼，那女孩痛苦的在路邊吐了起來。

鬼大姐倒是很滿意，趕走了坐在她身上的人，厲心棠想說些什麼，但是她前方、也就是鬼大姐的旁邊也有坐人，她如果對著空氣說話，對方鐵定會覺得她很奇怪。

闕擎看著眼前的吊死鬼，這女人的個性有點差。

「咦?」鬼大姐突然像是看見什麼似的，朝左邊望向了對街，「那是……我有印象!」

「什……」厲心棠才想問句什麼而已，鬼大姐已經跳了起來。

『停!停車——』

軋——行駛中的公車卻突然驟停，連司機都不明白為什麼車子會突然鎖死!

一公車的人全部往前摔去，闕擎即時握住扶把穩住身子，但身邊厲心棠還真的朝前方撞擊!

「呀!」所有人又撞又摔的東倒西歪，連司機也沒能倖免。

「幹什麼啦!」乘客疼得發難。

「抱歉，我也不知道!」司機慌張的解釋著，「車子可能有問題，請大家先

下車，不好意思！」

這種狀況，他也不敢再開啊！

回過神時，鬼大姐已經衝下車了，由於前座較低，所以厲心棠往前時是直接撞擊肋骨，痛得她直撫胸下，不跟其他摔成一團的人來說，她算幸運多了。

「她太扯了。」闕擎只這麼抱怨一句，跟著所有人下了車。

「走啦！她可能想到什麼才太激動了。」厲心棠還在幫鬼大姐說話。

乘客陸續下車，還有人還在跟司機爭執，說受了傷要客訴，這都不在闕擎的在乎範圍，他們下車後，立刻尋找鬼大姐的蹤跡……身為鬼真是方便，她完全沒在附近，而真的在對街。

光紅綠燈他們就要等一分半，等到趕過去時，鬼大姐就站在第一間店門口，瞪大了血紅雙眼。

「停。」闕擎突然止步，在距離鬼大姐五公尺處停了下來。

「怎麼了嗎？」厲心棠覺得莫名其妙，「大姐，妳想起什麼了嗎？」

鬼大姐猛然轉回來，看著他們兩個的神情相當忿怒，雙拳緊緊握著，那已經很可怕的臉開始扭曲。

「有人很討厭我，每次都找我麻煩……我在這裡工作過！」鬼大姐很認真的

回憶著，眼珠子越來越凸，「那個女人一直在找碴，她很討厭我，她會殺了我，是她殺了我對吧？」

闕擎朝上看了看立著的招牌，理容院。

「是這間理容院嗎？還是……店名是什麼？」他拉住了想往前走的厲心棠，這女人是沒看見鬼大姐散發出的殺氣嗎？

「一定是她，她對我下過太多陰招了，她恨我搶走她的客人，還威脅要毀我的容！」鬼大姐的臉突然裂了開，「萱萱，張于萱，是她殺了我——」

「冷靜點，現在還不一定吧！」厲心棠嚷著，回頭不解的看著拉住她的闕擎，「哪間店，請讓我們去幫妳查。」

哪間店？鬼大姐陰邪的一笑，「阿夏。」

陰鷙一笑，鬼大姐瞬間失去了蹤影。

「鬼大姐！」厲心棠甩著手，「你幹嘛拉住我？」

「她在邪化！殺氣這麼重，妳瞎了嗎？」闕擎不高興的鬆手，「我很少管他人閒事的，要不是跟著妳才有點數，否則我根本不可能幫妳！」

「什麼殺氣啦？」厲心棠有點慌張，「她想殺人嗎？我是真的看不見，對不起！」

闕擎一股火頂到胸口，瞬間冷了下去，「妳看不見？她剛剛那神情這麼忿怒，氣場瞬間變化……妳未免也太遲鈍！像剛剛在公車上，那個車禍的亡者就有可能會傷害妳——」

「什麼車禍的亡者？」厲心棠倒抽一口氣，臉色刷白。

什麼車禍的亡者？闕擎心中暗叫不好。

「妳剛剛沒看見頭顱壓扁的那個亡者？」闕擎狐疑。

厲心棠怕得皺起眉，搖了搖頭，「不好意思，我、我不是看得見的那種體質。」

一道雷打在了闕擎頭頂。

「妳看得見鬼大姐啊，還有之前妳不是在便利商店看見我身後的女生？」

「之前是因為叔叔有派護法跟著我，但後來我拒絕了，我想像正常人一樣，不要有人一直守護我。」厲心棠尷尬的笑了笑，「我看得見鬼大姐，應該是因為簽約的關係。」

闕擎瞪目結舌，他很久很久都沒有這種無言以對的感覺了。

什麼累點換機會，什麼叫幫助厲心棠一起找出鬼大姐的足跡——他根本是被騙上賊船了好嗎！

「百鬼夜行」裡的人，一定早知道他看得見啊！

燈火明亮的一般街區的巷弄中，有間寫著「阿夏」的理容院，門上還有個「純」字，燈光略為黑暗，女人笑吟吟的在門口跟客人道別，嬌媚的說著記得下次還要指定她，嬌俏的笑容在一轉身之際，即刻不耐煩的收起。

「累死了！」她伸了伸懶腰，「下班囉！」

「妳剛那個不是熟客嗎？我看他上星期也來耶！」同事娜娜有點羨慕。

「超色的，而且很猛。」萱萱挑了眉，「重點是……」

她用姆指搓了搓手，小費給得很大方呢！

另一個女人走了進來，她才剛擦乾身子，浴巾一鬆便赤裸的開始擦起乳液，同事們打量著她，美美是不是又胖了？

「美美，妳注意一點吧！」娜娜好意提醒著。

「啊？對啊，看我肚子像六個月厚！」美美倒是不以為意，「有客人喜歡我這種肉肉款的，沒關係啦！身材好的有妳們就好了啊！」

娜娜看著自己鬆弛的肌膚，她是很瘦，但是也不年輕了！身材再好也拼不過

年輕女孩⋯⋯瞄向隔壁空著的櫃子，上頭擱名牌的地方是空著的。

「要說身材好，小蘋第一沒人敢說第二。」娜娜敲了敲隔壁的櫃子，「她不是瘦，是勻稱，胸是胸、腰是腰，那屁股真翹，之前生意好得不得了。」

娜娜用力的蓋上鐵櫃，嚇得休息室裡的所有人一跳。

「還不是說跑就跑！賤貨！」提起小蘋她就一肚子火，「裝無辜搶客人最會啦，還跟我借錢，結果直接跑路！」

娜娜也扯了嘴角，「我也借了她兩萬，只好算了，她人都跑了我們能怎樣！」

小蘋，算是他們店裡最紅的理容師，五官端正，化完妝相當漂亮，身材火辣又年輕，客人都覺得她是大學生，非常受歡迎；娜娜隔壁的置物櫃曾經是她的，一開始她都跟大家很好，大家都把她當妹妹，分別私下借錢給她⋯⋯結果，某一天她沒來上班，就再也沒出現了。

「她不是父母生病嗎，」美美尷尬笑笑，「我覺得也是不得已的啦。」

「父母生病？她跟我說她孩子要開刀。」萱萱說起來就有氣，「就是個婊子！」

「好啦好啦！不要再提那個女人！」門口走進老闆娘，她聽見小蘋兩個字就

有火，「今晚的薪水。」

當天做工當天領薪，這就是她們愛賺快錢的原由，大家會來做這個都有自己的故事，姐妹相互扶持不在話下，偶爾也會遇到借錢跑路的，大家其實都能體諒……就不要借太多，正面思考，能幫姐妹度過一個關卡就好了。

老闆娘是損失最慘重的，因為小蘋跟她簽了約，保證不去別家，長期待在這兒讓她可以大撈一筆，預支了十萬薪水後，人就跑了。

所以提起小蘋，老闆娘自然一肚子火。

「她真的太過分啦，搶客人又騙錢的，結果到現在還沒找到喔？」萱萱試探的說，「要是讓我找到她，我一定要先割花她的臉！」

「不准！真找到她我就把她賣掉，別忘了她有跟我簽約，那張臉花了我賺什麼！」老闆娘低聲喝斥，「我看那婊子都跑路了，應該日子也不會太好過！」

「哼！」萱萱把錢收妥，抓起內衣褲就要往浴室去沖澡，「大家都找不到，指不定已經死在哪裡了，不得好死！」

「唉唷！」美美尷尬的抖了下，「別這樣，留點口德吧。」

「沒多少錢……」娜娜也覺得別咒她死。

「五萬啊，妳以為我要接幾個客人才掙得到五萬？而且那女人搶了我多少客

人？妳們誰都無法瞭解我對她的怒氣！」萱萱放聲咆哮，「那種女人，眞出事了也死有餘辜！」

吼聲在休息間裡迴盪，大家也不好說什麼，美美匆匆穿了衣服就要離開，娜娜也朝老闆娘尷尬的笑，老闆娘早知道這幾個員工性子，並不在意，更何況她的確沒有放棄尋找那個小蘋！

只是動用了兄弟勢力，卻還是找不到她。

萱萱進入浴室洗澡，看著自己厚重的妝容，也留意到了歲月的痕跡，那個小蘋說自己才二十一歲，她們是不信啦，但客人信就好，看起來也的確青春可愛，就用這資本搶了她多少客人。

虧得一開始她還這麼照顧她，結果居然被反咬了一口，完全雙面人，說好的五萬分月攤還也沒有，最後搞了個人間蒸發。

電話斷訊、地址是假的，當初陪她來應徵那個「哥哥」居然還是工讀生，是被她用錢請來假裝的。

小蘋是某一天開始就沒來上班了，雖說扔下一櫃子東西沒拿走也很奇怪，但是爲了躲債，那些小東西算得上什麼！萱萱對著鏡子看著鎖骨上的項鍊，這就是小蘋櫃子裡的東西，幾乎都是飾品，不是值錢的東西，但戴起來好看就好。

「賤！」她冷哼著開始卸妝洗臉，當初小蘋的櫃子是她親自清理的，把東西都丟掉的感覺就是爽。

外頭美美與娜娜跟老闆娘打完招呼後便離開了，老闆娘稍微整理一下環境，打算剩下的明天再來掃。

叮叮，大門推開的聲音響了，在廚房的老闆娘愣了一下，她剛不是鎖門了嗎？匆匆要走出廚房時，天花板的燈說滅就滅，嚇得她還差點絆到東西，趕忙扶住了門框。

「唉呀！」她厭惡的唸著，怎麼這時候停電咧，「歹勢喔，我們休息了喔！」走出廚房往右手邊大門看去，接待廳空無一人，門口外的路燈倒是明亮，照進昏暗的理容院裡頭，竟有一絲恐怖片的氛圍……最瘮人的是，店門的玻璃門的確是開著的。

「唉唷，阿彌陀佛阿彌陀佛，不要嚇我捏！」老闆娘邊說，一邊走向玻璃門，「我剛剛就鎖上了，是沒關好被吹開嗎？」

仔細檢查了玻璃門上的鎖，喀噠喀噠的沒事啊，這門可不是這麼容易就開的吧？又不是自動門！老闆娘心跳加快，汗毛直豎，這怪異的現象讓她十分不安。

才想要再次關上門，這次順便把鐵捲門降下來時，她又愣住了。

距門口三十公分外的地上，擺了一隻笑吟吟的彌勒佛，老闆娘錯愕的立即往

就在左手邊二十公分櫃檯上看，原本擺在櫃上的彌勒佛居然在外面！

不對勁！老闆娘可嚇著了，她再向右上看著在壁上的神龕，曾幾何時，燭火

已滅。

「冤有頭債有主，我做生意從來沒害過人喔，不知道大哥大姐是何路人，你

要紙錢祭品小的一定燒給你。」老闆娘雙手合十，喃喃唸著，小心翼翼的走出門

外，「請不要找我麻煩喔，我開一間店也是賺辛苦錢──」

才彎身要拾起地上的彌勒佛，誰知後方的玻璃門竟直接關上，還推著她的屁

股往前，害得她跟跟蹌蹌，險些跌倒！

磅！老闆娘好不容易穩住身子回了身，看見自己緊閉的店門，她嚇得趕緊要

開門進入，卻發現門居然上鎖了！

「夭壽喔！」她慌張的使勁拍著門，動手按下電鈴，「裡面有誰在啊？這不

對勁啊……」

有誰在？老闆心頭一凜，裡面就只剩萱萱了啊！

剛洗好臉的萱萱一抬起頭，就發現燈光俱滅的浴室，幸而屋外的路燈甚為明

亮，照進浴室裡還能有一定的能見度。

「搞什麼啊？跳電喔？」她碎唸著，仰頭看著氣窗，幸好外面夠亮，洗個戰鬥澡應該還行。

正首看向鏡子裡的自己，這種暗處打光讓她看起來有點可怕，應該去拿手機進來，當手電筒照明也好！轉身要拉開浴室門時，浴室裡的花灑突然開了。

「咦？」萱萱轉過頭，看著面前的蓮蓬頭嘩啦啦的灑出水，一整個莫名其妙。

她人在這裡，又沒有開水龍頭，怎麼會突然冒出水來？不會電壓有問題，現在連水壓都出狀況了吧？

「陳姐！」她扯開嗓門喊著，轉身要先去關掉水龍頭。

只是再次經過鏡子前時，她頓了住。

蓮蓬頭灑下的是熱水，但剛剛才出水，還不至於熱氣氤氳，所以鏡子裡只罩上一層薄霧，透著屋外的燈光，她還是能看得出鏡子裡……有兩個人。

那個站在她背後、頸子上還繫著一條繩子的女人。

「哇呀──」

萱萱嚇得失聲尖叫，轉身就要拉開浴室門，但長髮被使勁一扯，直接向後拋向了浴缸！

第四章

報復欺凌

萱萱整個人被甩進了浴缸裡，距離加上重力，全身狼狽撞而劇疼，才在哀鳴，

迎面下來的就是過熱水灑下，燙得她哀哀叫！

「啊……啊啊……」她慌張的伸手關上水龍頭，狼狽的抬起頭，看著在黑暗

浴室裡的身影，完全的懵了。

誰？她看著那透光才見得到的臉龐，那是張發黑腫脹的臉龐，眼睛呈現驚恐

的瞪目，頸子上繫了根繩，在光照耀的地方，她都可以看見繩子是嵌進肉皮裡

的，而且腐爛一片。

那不是人吧？繩子都卡進去了，而且那張臉……

「賤……賤貨！」鬼大姐瞪著萱萱，滿腔的怒火中燒，「我記得妳，妳欺負

我，妳傷害我……」

萱萱倒抽一口氣，這個聲音……不會吧？「小蘋？」

「妳一直都瞧不起我！是不是妳殺了我──」鬼大姐下一秒候地來到她的面

前，再度一把扯起萱萱長髮，又騰空往兩公尺的門邊摔去！

「哇呀──」伴隨著撞擊，萱萱撞上了浴室門再落下，馬桶就在門邊，所以

她摔下時還先撞到了馬桶，現下全身已疼到完全使不上力！

那是小蘋沒錯……萱萱痛苦的趴在地上，看著那雙赤裸且滿是沙土的腳，地

上卻沒有任何影子。

她死了？小蘋已經死了？頸子上的繩子再再說明了一切，她剛說是誰殺了她？

「我沒有……妳失蹤了啊！」萱萱趕忙抬首，「妳跑到哪裡去了？大家都、都在找妳！」

撫著撞斷的肋骨坐起身，劇痛讓萱萱哭出來，驚恐的看著站在眼前的鬼大姐。

「跟我搶客人、破壞我的東西……」鬼大姐血眼眼越來越紅，看著萱萱慌亂的轉開浴室的門把時，她卻瞧見了她無名指上的戒指，「妳還偷我的東西！那是我的項鍊！我的──」

萱萱還是沒能打開門，鬼大姐衝向她，一口咬下了她的無名指！

「啊呀呀呀！」

鬼大姐氣忿的吐掉指頭，看著躺在掌心的戒指，這是便宜貨，但印象中是雙小小的手送給她的。

她有孩子，這是孩子送給她的！

「啊啊……妳失蹤了，我們不知道妳死了……櫃子必須清掉。」萱萱恐慌至

極，「妳欠我五萬元，我才拿了戒指……」

「我欠妳？我什麼時候欠妳了，我讓了多少客人給妳，我讓妳多賺的都不只五萬！」鬼大姐握緊戒指，忿恨的瞪著她，「說我婊子，說我下賤……還要毀我容？」

「沒有……沒有，我只是嘴砲而已！」萱萱一秒認慫，她幾乎是跪地求饒了，「我不知道出了什麼事，但妳告訴我，我、幫妳做法事，我超渡妳，我——」

「我……啊啊……好燙！好燙——救命，救命！」她一路再被拖回了浴缸裡，蓮蓬頭灑下了水，「對不起……對不起——」她一把被鬼大姐掐著頸子離了地。

萱萱一把被鬼大姐掐著頸子離了地。

「我……啊啊……好燙！好燙——救命，救命！」

——坐在共享腳踏車後座的厲心棠瞬間不穩，直接往地上倒去，關擎及時伸手向後攔擋住了她，並緊急煞車。

既忿忿不平又帶著怨恨，還有著一種虐殺的快感，這種種情緒徹底的包裹著厲心棠，她縮著身子全身發抖，好不容易才指向了左邊的巷子。

「裡……那邊。」她咬著牙說，「她好恨，鬼大姐現在恨透了某個人，但是她又很高興……」

「妳抱好我。」闕擎叫她穩住，轉了龍頭往左方巷子滑進去。

要不是腳踏車只剩一台，他才不想這麼麻煩！

這巷子屬下坡路段，闕擎騎得很慢，以防被鬼大姐感染情緒的厲心棠會不小心摔下去；下坡到平緩地沒幾秒，就看到右手邊某間店前聚滿了人，有彪形大漢正準備拿鐵棒朝玻璃門上砸。

到了。車子停在了對面，那被人包圍的店面就是阿夏理容店，中間兩個大字

「阿夏」，闕擎心裡一陣涼。

「可以厚，陳姐？」大漢粗嘎的問著，「我要砸了唷！」

「快點啦，我怕出代誌！」老闆娘焦急的說著，「你盡量砸沒關係！」

架好車，闕擎看著臉色難看的厲心棠，她一個寒顫接著一個，用驚恐的眼神看著他。

咚──大漢使勁將鐵棒敲向玻璃門四角，反彈力迫使他震得連連向後，但玻璃門無動於衷。

旁邊有人拿磚塊想幫忙，卻差點被彈回來的磚塊砸中，玻璃依舊毫髮無傷。

厲心棠緊緊皺起眉，雙拳捏了緊，「狂喜，她好高興，她……」她一個強大的

哆嗦，難受得往闕擎身上倒。

「喂！」闕擎扶住她，感受到她全身劇烈的發抖，「……她變了嗎？」

抖成這樣，這女孩在害怕……她能感受到亡靈的情緒，能讓她這麼害怕的理由不多。

鬼大姐變異了。

「找鎖匠來好了！」

「陳姐，妳這找誰做的，打不破咧！我都敲四個角了！」大漢百思不解，

「我這就普通門啊，不然你敲旁邊的……」老闆娘指向一旁的非門的落地窗，但才在說著，身邊的門卻喀噠一聲，開了。

嘈雜的現場瞬間安靜，每個人都看著那扇自動打開的大門，雖然不是大開，但光開鎖加敲開這十公分，就足以叫人發毛了。

街坊鄰居不約而同，同步向後退了一大步，幾個人還喲的一聲，雞皮疙瘩都竄了起來。

老闆娘自己傻在門口，不知所措。

「先不要進去！拜託！」厲心棠突然離開闕擎的攙扶，咻地就衝上前，「千萬不要進去！」

從人群裡衝出來的女孩，更是讓大家錯愕非常。

「妳是⋯⋯」老闆娘丈二金剛摸不著頭腦。

「我是——」厲心棠想解釋，但一時卻不知道怎麼說比較好，「我就⋯⋯」

「大家有護身符或佛珠什麼的，你信什麼拜託就回去戴什麼，可以的話最好立刻去找人驅邪收驚！」闕擎大方的邊說邊走過來，「老闆娘？我們就先進去一分鐘，保證立刻出來。」

幾乎不必解釋，光叫大家戴佛珠及護身符，就嚇得街坊一身冷汗，二話不說紛紛衝回各家的店裡，嘴裡不停的喊阿彌陀佛。

「哎唷，真的有壞咪仔？」老闆娘憂心忡忡，「萱萱還在裡面啊！」

⋯⋯厲心棠心涼了半截，「張于萱？」

老闆娘當即一怔，「對⋯⋯對！妳怎麼知道⋯⋯」

「在這裡別動，千萬別進去，拜託！」厲心棠誠意的說著，「讓我進去好嗎？」

老闆娘很遲疑，但她的預感沒錯，她就是覺得有什麼東西進店了，才把她趕出來；她現在也不敢報警，而這兩個年輕人卻好像什麼都知道似的，完全應和了她的猜疑。

她點點頭，厲心棠即刻拿出毛巾包住手，避免留下指紋的推開玻璃門。

闕擎朝老闆娘頷首，謹慎的跟了進去，幾乎在一踏進店裡時，他們就聽見了抓狂般的碎唸聲。

「去死……都想殺了我，每個人都在欺負我！大家都喜歡逼我，我做什麼都不對，我只是想要活下去而已！」

循著聲音，厲心棠提心吊膽的進了休息室，看見了在置物櫃前的背影，鬼大姐在某個櫃子前翻箱倒櫃，動作急躁且瘋狂。

「……鬼大姐？」厲心棠戰戰兢兢的呼喚著。

「他們把我東西拿走了！我在這裡的每一天都是折磨，每個人都瞧不起我、都想騙我！」鬼大姐忿怒的哭著，倏地轉過身，「那個女人一直喊我賤貨，她想殺了我、她一直都想殺掉我！」

喝！厲心棠見轉過來的鬼大姐，瞬間嚇得後退，身後的闕擎穩穩的接住她……說好的很想幫忙？腰挺直啊！退什麼！

只不過……闕擎看著那個站在置物櫃前的鬼大姐，她只不過身體比剛剛大了一點，五官不再如之前的平靜，臉部的青筋迸裂，眼神變得更加殘虐，那雙手原本帶血的紅色指甲，現在變得更尖銳了些二。

殺氣顯而易見，面容猙獰駭人，她已經是惡鬼了。

「張于萱呢？妳在這裡工作過嗎？來這裡找人？」闕擎平靜的問著。

「她想殺我，她跟那個人聯合起來殺了我，我知道的！」鬼大姐氣到雙拳緊握，自己的尖甲刺進掌肉裡，下一秒綻開了殘虐的笑容，「但沒關係，我解決了……我解決她了！但是她一直不說那個男的是誰……她們都騙我，騙我——」

越說越激動，鬼大姐接著發出痛苦的尖叫，伴隨著嘶吼聲，剎地衝出窗外，消失無蹤。

她解決什麼了？厲心棠心裡的警鐘敲響著，身後的關擎不客氣的把她推上前。

「幫助人家找足跡啊妳！」風涼話說得挺順的嘛！

厲心棠回頭瞪他，「鬼大姐走了，燈怎麼還不亮啦？」

抱怨歸抱怨，但厲心棠還是鼓起勇氣上前，從小跟一堆鬼怪魔物長大，她現在在怕什麼？

可能是因為……她接觸最少的是人吧？

浴室門輕易的被轉開，衝出來的卻是一股滾燙的白煙，浴室裡溫度超高，她光呼吸就覺得快被熱煙嗆到了！

日光燈終於一盞盞的亮起，厲心棠遲疑的站在門口，裡面什麼都看不見

啊……她試圖再踏進一步。

「張于萱？」

闕擎拉住了她的手肘，直接往後帶，順手還把門再給關上。

「用點腦子好嗎！」水蒸氣溫度都高成這樣了，妳喊誰誰會回妳？」闕擎推著

她往外頭走，「忿怒到狂喜，鬼大姐都變惡鬼了，想想張于萱現在還能回妳嗎？」

厲心棠悲傷的皺起眉，知道闕擎說得沒錯，她只是想抱一絲希望。

說好了要幫鬼大姐找到足跡，說好了不殺生、不報仇……為什麼鬼大姐什麼

都無法確定，就這樣殺了一個人呢？

由老闆娘報警，厲心棠與闕擎默默的成為吃瓜群眾，藏身到圍觀的民眾裡去。

由於厲心棠說她一旦感染到亡者情緒後會不舒服，闕擎才勉為其難的去幫她

買杯奶茶舒緩，而且她很麻煩的還要指定芋頭奶茶。

轄區員警封鎖現場，而剛剛才離開的「員工」們也驚慌的奔回來，相互聚在

一起安慰著老闆娘，每個人都顯得很震驚，不敢相信會有這種事，老闆娘就在店

裡，雖然後門的確沒鎖，但誰會這樣入室行凶呢？

警方來來去去，覆著白布的屍體被推了出來，闕擎不見鬼大姐在附近，但他

們的目的是要快點知道鬼大姐是誰，以及誰殺掉她，所以……這個現場對他們而言很重要。

因為鬼大姐曾在這裡工作過。

一名黝黑的員警跟著出來，禮貌的一一詢問在這裡工作的女人們，接著所有人突然順著老闆娘的視線東張西望，厲心棠趕忙把身邊的闕擎推了出去。

「幹什麼妳……」闕擎措手不及，被推得跟蹌，回頭還在咒罵時，老闆娘興奮的嗓音立即出現。

「就是他！」

什麼？闕擎正首回神，看見老闆娘的手指向他，警察即刻招手叫他過去，厲心棠也非常乖巧的跟了上來。

他睨了她一眼，這傢伙到底想做什麼，要先說啊！

「你們是命案現場發現人嗎？為什麼會阻止老闆娘進去？」警察冷靜的問話。

「就……覺得有危險！」厲心棠回答得很不踏實。

「老闆娘說，感覺你們知道裡面已經出事？」黑臉警察狐疑的瞅著他們。

厲心棠轉著眼珠子，很想快點想到一個適切的說法，「我們其實是──」

「一進來巷裡就發現大家聚在這裡想要幫忙破門，但門突然開了，本來就非

常詭異，我跟她只是想幫忙，也可以說是看熱鬧。」闕擎插話接口，用著一點都沒說服力的理由，「反正我們兩個不會是凶手，保證沒有證據，純粹就是愛看熱鬧跟仗義助人吧。」

警察深吸一口氣，「你們覺得這個理由能成立嗎？」

「不成立也無所謂，反正我們不是殺人者。」闕擎淡然一笑，「現場像是人類做得出來的嗎？」

此話一出，老闆娘跟所有員工莫不緊張得臉色泛白，老闆娘剛剛就一直跟警察說是有那個在做怪，也說這兩個孩子知道，現在這個帥小子又說出這種話，聽起來多可怕啊！

唉，黑警察相當無奈，遞了腳套給他們套上，「套好，什麼都不要碰，跟我進來。」

厲心棠俐落的接過，趕緊套上腳，也催促闕擎動作快點，「我十點半要離開耶，我要上班！」

現在都九點了，事不宜遲啊。

闕擎渾身都覺得不耐煩，但還是跟了進去，那警察還跟其他同事低語，先指指他們，又指了指外面的人。

毫不意外，現場要他們指出走進來的路線，還有第一現場發生了什麼事，這部分闕擎閉口不語，現場要他們指出走進來的路線，交給屬心棠說明，因為本來就是她打頭陣，誠實表示沒敢進浴室，只到浴室門口。

警察帶著他們來到門口，此時水蒸氣已散，他們才見到浴室的全貌，鑑識人員正在採樣，只是意外的……她沒有看到很多血。

除了門前有些許血跡外，並無大片血跡，大部分人也在鑑定浴缸裡的狀況，還有……一支像是蓮蓬頭的東西。

「溫度高到蓮蓬頭融化嗎？」闕擎此時終於開口，「張千萱被燙熟了？」

警察詫異的看向他，「你們剛剛沒進去吧？」

「沒有，蒸氣很燙。」屬心棠看向闕擎，「他拉住我，不然我本來想試著走進去看看。」

「走──拜託，我說過多少次了，命案現場可以發現，但不要進入，尤其跟那一個有關的妳要閃遠一點啊！」黑臉警察帶著點微慍，「妳要出什麼事，叫我怎麼跟老大交代？」

就、知、道！闕擎翻了個白眼，這位警察從一到場後就在搜尋他們，總是不經意的看向屬心棠，他就猜到不是熟人也會是認識的。

「所以，你是什麼？」闞擎打量了警察，「我看不來。」

「我叫阿傑，警察，人類。」阿傑沒好氣的解釋，「但我就⋯⋯嗯，跟她叔叔關係不錯。」

線人。闞擎自己在心中給了答案。

「說好的不干涉呢？」闞擎直想吐槽。

「阿傑是人類啊，又是警察，公正！」厲心棠說得理所當然，立即轉向阿傑，

「所以情況現在怎樣？」

「的確是被燙熟的，現場溫度很高，至少屍體表面都熟了，她臉上跟身上都有傷口，但致死原因還是高溫。」阿傑留意著其他人員，「我的工作不能說太多，但你們去問外面黑捲髮跟胖胖的女生，她們跟死者很熟，還⋯⋯」

阿傑不經意的拿起手機晃了一眼，照片是一枚戒指。

「在哪裡發現的？」

「死者無名指被弄斷，這枚戒指則好整以暇的被放在鏡子上緣。」阿傑挑了眉，「一般人洗澡的習慣若取下，也是隨手放在一邊，不會認真放在上面。」

「那是重要物品。」厲心棠再次看了那枚戒指，很普通啊！

「嗨！好！」阿傑清了清喉嚨，剛好有其他警察走入，「留下電話資料，有

「事情我們會再找你們！」

阿傑帶著他們轉身離開休息室。厲心棠看了眼大開的置物櫃，那個鬼大姐拼命翻攪的地方，裡面什麼都沒有。

一路被送出來，老闆娘一見到他們眼神就閃爍淚光，厲心棠趕緊溫和安慰表示沒什麼事，但依然強烈建議老闆娘去廟裡淨化一下比較好。

街坊沒多久也散了，厲心棠刻意拉著她們在門邊的小防火巷前休息，還去買了冷飲給大家舒緩舒緩。

「那會是什麼？所以萱萱是⋯⋯被那、個殺的？」美美遲疑的問著。

「我們覺得是啦，他有時看得見那個。」厲心棠即刻指向闕擎，他用不可置信的眼神瞪著她。

「原來是這樣！少年仔，你一定是看到有危險才幫我們的，謝謝！謝謝！」老闆娘握著闕擎的手感激涕零，他一臉嫌惡的想抽回來，但更怒的瞪著厲心棠。

「可是這也太奇怪了，為什麼會有那個要殺萱萱？」娜娜直覺太扯，「應該是人殺的吧？」

「事情很難說，不知道她有沒有惹到什麼⋯⋯對了，她的指頭被弄斷，一枚戒指被取了下來。」

「戒指？那是小蘋的啊！」美美即刻反應，「她每天都戴著，上班時才會先取下。」

「但是它在命案現場，不是萱萱的？」

「喔，不是啦！小蘋本來是我們的同事，但她半年前失蹤了，櫃子佔位子也不是辦法，我又聯絡不到她，就清櫃了啊！」老闆娘嘆了口氣，「她跟大家借錢又沒還，員工裡算欠萱萱最多，所以我就把櫃子給萱萱處理，有什麼值錢的讓她拿一拿。」

「小蘋？」闕擎只想快點得到關鍵線索，「她有全名嗎？」

「唉，這個喔，是有啦，但……」老闆娘提到這點還是有氣，「你們要這個名字做什麼？」

屬心棠尷尬的笑了笑，看著老闆娘，又看向女人們，畢竟在社會上打滾久了，幾個眼神交會，眾人瞬間瞭然於胸。

娜娜掩嘴，倒抽了一口氣，「小蘋出事了？她……她回來——」

「不會吧，我不要她還錢，我沒關係的！」美美恐慌的搖著頭，「她會來找我嗎？她為什麼要……」

「如果她要痛下殺手，就不會刻意放過老闆娘了吧！」屬心棠趕緊勸慰，

「只是她有怨氣，覺得妳們都在欺凌她，而且她也在找是誰加害她。」

她說得慢條斯理，一雙眼卻打量著眼前的女人們，她們從恐懼害怕到一秒的錯愕，接著紛紛抬頭看向屬心棠。

「欺凌她？她說的嗎？」娜娜即刻問向闕擎，他別過頭，不想回答，「誰欺負誰啊！」

「冷靜冷靜，死者為大！」美美倒是溫和許多，連忙勸阻娜娜，「說欺負真的有點誇張，應該沒人能欺負她吧！」的確萱萱跟她不對盤，但一開始大家對她很好，是她……有點雙面。」

「她是綠茶婊耶，的確年輕又漂亮，又超會演戲的！剛來時都裝無辜可愛，我們姐妹誰沒幫她！」另一個叫花花也受不了，「她說肚子餓，我們就多帶食物分她吃、說孩子沒錢喝奶，誰不是買奶粉給她應急，後來還說老公受傷要動手術，跟我借了一萬。」

「兩萬。」「五千。」「一萬。」所有同事紛紛舉手，活像競標似的。

屬心棠愣愣的聽著同事們的說法，好像有點……落差喔？

「扣掉陳姐，借最多的是萱萱，她借了整整五萬，也是因為最心疼她啊！結果她表面一套，背地一套，都在搶我們客人。」娜娜不爽的趨前，「陳姐，妳說

「句公道話。」

「唉，人都⋯⋯人都走了，是不是就別說了？」老闆娘心懷懼怕，她一句都不想批評。

萱萱都死在她店裡了，這還叫不想害她嗎？

「老闆娘當然不會說，因為店裡主打小蘋，生意就很好，也不會想管她搶客人這件事。」一向溫柔的姐妹幽幽說著，「反正她有錢抽就好了。」

「喂，話不能亂說喔！」老闆娘突然又發難了，「是小蘋說妳們都故意壓著她不讓她接單，上次我親眼看到萱萱跟小風壓著她，不讓她出去啊。」

「那是因為她先搶小風的客人。」娜娜急忙解釋，「我們只讓小風拿回自己的客人而已，你都沒在管前因後果的。」

「反正她就是個綠茶婊啦！虧大家這麼照顧她，結果什麼手段都使了，最後要走還跟大家借了一堆錢，人就不見了⋯⋯」話說到一半，花花頓了住，「還是⋯⋯她是不得已的？因為她出事了⋯⋯」

在今晚發生事情之前，大家都以為小蘋是惡意逃債，沒想到是出事了，而且還變成那、那個殺回來了？

「好在她人還算好，沒找我們也沒找陳姐。」美美心有餘悸，「天哪！如果

覺得鬼大姐似乎回來了。

屬心棠趕緊翻拍地址，關擎則謹慎的觀察四周，他

哇，最大苦主，十萬耶！屬心棠根本不是她家！」

她十萬，我親自去這地址找過人，根本不是她家！」

「她們都是直接傳照片給我，字都修過了！」

「啊……她就叫小蘋啊。」同事們面面相覷，大家很少講真名的！所以眾人

目光，落在了老闆娘身上。

「唉，她真名沒有蘋啦。」老闆娘調出手機相片，大家的證件她都有拍下存

檔，「不過我跟妳說，身分證上的地址找去是沒有用的，這上面是假的！」

「假的？身分證也能假喔？」

「我們想知道小蘋的全名。」關擎再問了一次，「我想快點通知她家人。」

「阿」理容院的同事們口中，不像是那麼回事。

屬心棠與關擎全然感受到鬼大姐的「委屈」，是單方面的說詞，至少在這個

完全不一樣。

欲哭無淚啊！

「她這叫放過我？萱萱死在我店裡，我店還能開嗎！」老闆娘也唉聲嘆氣，

我們今天晚一點離開的話……」

這時阿傑恰恰與他對上眼，朝他們領首後便先行離去，接著又有員警來找老闆娘，需要她配合交代死者的詳細資料等等；趁這機會，闞擎迅速的向大家道謝道別，厲心棠還在那邊教大家怎麼驅邪，一轉眼就被拉了走。

「你急什麼？」她被拽回腳踏車邊時才在嚷嚷，卻在瞬間一顫身子。

她回首，感受到視線襲來，是鬼大姐。

剛剛進巷時下坡滑行很輕鬆，現在回去就累了，闞擎牽著車走出巷子時，眼尾餘光瞥到了飄盪的繩子，鬼大姐跟上了。

厲心棠下意識的閃躲到另一邊去，現在的鬼大姐⋯⋯很可怕！她已經不是幾小時前的鬼大姐了。

闞擎也緊繃著神經，鬼大姐走到了他的左邊，比肩而行，甚至是轉過來盯著他往前走的；那張令人望而生畏的猙獰臉孔，戾氣重到他現在連開口都必須先經過思考了。

「所以妳想起來，張于萱跟誰一起謀殺了妳嗎？」走出路口，他轉進一個廊下停下。

「不必想起來，我知道就是她，她最過分，總是大呼小叫，平常就會對我動手，」鬼大姐說得咬牙切齒，「我之前一直被欺壓著，我知道她討厭我，我也不

「大姐，妳不能隨便殺人的……」厲心棠輕聲建議，闕擎趕緊向右後瞪向

她，可以少兩句嗎？

這惡鬼現在跟他們走在一起耶！

「我不管，難道只有她能欺負我，我不能欺負她們嗎？」鬼大姐果然立刻

扭曲了臉咆哮，那瞬間變得更可怕。

其實厲心棠從來沒見過這麼可怕的亡靈，她緊張得絞著雙手，皺著眉，在心

裡加強自己的信心……別怕！別怕！

「那妳還想起了什麼？有孩子、曾經在這間理容院工作過，還記得什麼？」

闕擎好聲好氣的問。

「我問了她，是誰殺了我……她都沒有說。」鬼大姐冷笑著，「到死都不肯

說啊……」

嗯，有沒有可能是她根本不知道？或是她還沒來得及開口就被弄死了？她是

被燙熟的耶！闕擎壓下心裡的想法，表面依舊平靜無波。

「我們剛問了妳的名字。」餘音未落，鬼大姐即刻抬起頭，雙眼盈滿期待，

喜歡她！

「陳云真。」

陳云眞。

鬼大姐彷彿靜止一般，但從這瞬間起，她有了名字，不再是鬼大姐了。

屬心棠試圖同步去感受著陳云眞的情緒，但不知道是過度恐懼還是鬼變得邪惡了，導致她無法順利感應，什麼都無法體會。

陳云眞很努力的回想，這個名字給了她許多畫面，她想起她曾在某間餐廳外遇到了一位漂亮的女人，女人有種優雅高貴的氣質，笑著與她交談，還跟她身邊的男人握手⋯⋯啊啊，是，她有孩子，勢必有丈夫啊！

那個女人看向她身邊的人，眼神裡透著詭異的光芒。

「有個女人，看起來很有錢⋯⋯」陳云眞狀似痛苦的回憶著，「我家住在⋯⋯一棟很豪華的社區大樓裡！」

陳云眞緊閉著雙眼，一幕幕影像跳躍出來，棕色的大樓，是獨棟但有三十樓高，樓下門衛彷彿五星級飯店大廳般的奢華⋯⋯電梯都是磁卡設計，無法通往其他樓層，他們一路往上⋯⋯螢幕上的數字停了下來。

「三十。」陳云眞睜開了眼，「我住在三十樓，頂樓！」

「幾號？住址記得嗎？」屬心棠加緊的問。

「豪華的棕色建築，那是豪宅⋯⋯」陳云眞錯愕的看著屬心棠，「我很有錢

嗎?」

最好有錢人還要到理容院做黑的!─而且氣質一點都不像啊!闕擎非常懷疑她的記憶。

「這我不知道,云真姐,我需要妳再專心一點,我們就快找到妳家了!」闕

心棠循循善誘,「建築的特色?外面有什麼記號?」

「有個小提琴……的樣子。」陳云真突然撐起眉,臉部又開始迸裂,再度逸

出殺氣,「我是這樣被殺的對吧?對……為了錢!我記得,大家都是為了錢!」

又是恨意!闕心棠縮著身子,看著陳云真莫名其妙的又發火後,剎地一下消

失了。

「她去找她的家了。」闕擎看了看錶,「妳上班前沒辦法找到那個地方,明

天再找嗎?」

「明天怎麼行!你沒看見她那模樣……她什麼都沒想起來就把一個人殺了!」

闕心棠覺得不可思議的發抖,看向闕擎,「亡靈是……這樣子的嗎?」

闕擎漠然的望著她,開始頭痛胃疼。

「妳什麼都不知道,就這麼興奮的說要幫助亡者?我要妳這麼熱情我還犯得

著拼命躲藏嗎?」闕擎滿滿的不耐煩,「就算妳跟那群怪物長大,妳依然是溫室

裡的花朵，還敢接這種案子？」

「我……」厲心棠惱羞想著反駁，卻找不到理由，「我只是……」

「我不管妳的原因，不關我的事，我也不在乎，我只怨我自己，莫名其妙跑去『百鬼夜行』做什麼！」闕擎氣得下顎明顯收起，「沒事挖坑自己跳，就是我這種蠢蛋！」

厲心棠緊抿著唇，一臉委屈的模樣，那原本就無辜的大眼現在看上去更加我見猶憐了……只是很遺憾，這些都不在闕擎在意的範圍內。

「我要是不出來，不就……更不會瞭解了嗎？」這聲音哽咽，但硬是沒讓自己落下一滴淚，「總是要學習……」

「希望妳有命可以撐到下一個案子，讓妳好好學習。」闕擎重新牽了腳踏車離開廊下，「我去找她口中的豪宅在哪裡，我覺得她記錯了，那不可能是她家！妳呢就去打工，有事傳訊息，我不喜歡講電話。」

「我……」厲心棠才想跟著坐腳踏車往前到捷運站，結果闕擎俐落的跨上腳踏車，就這麼走了。

她呆然的站在廊下，滿腹委屈但不敢說，她知道闕擎一定知道捷運站就在前面，不過一百公尺遠，觸目可及好嗎！他是故意不載她的！他擺明了很不想沾惹

這件事，對什麼都漠不關心的傢伙。

唯一能讓他在她旁邊的理由，是累點後可以告訴糾纏的亡者，請他們到「百鬼夜行」來。

厲心棠深呼吸，調整情緒便前往捷運站，告訴自己不要怕，鬼大姐只是需要幫助而已，但是……她就這樣殺掉曾經有過節的人，未免也太殘忍了！活活的被燙熟，那得有多痛？而且她明明說搯死她的是男人啊。

聽見這麼多糾紛，與鬼大姐所言的「被欺負」也有出入，她覺得她被同事欺凌得很慘，覺得那個萱萱刻意針對她，但是她不記得自己搶別人客人、跟借錢不還的事嗎？這是選擇性失憶喔!?

原本以為鬼大姐很可憐，在林投樹下被吊死，又遭到欺騙，她怎麼都想到關於林投樹，曾有個身世淒苦但被騙財騙色的可憐女人的故事。

但現在她就覺得不太對勁了。

先上班再說，她不停的鼓勵自己，剩下的只能交給闕擎了！希望他能找到那個頂樓豪宅，還有小提琴的標誌……拉著電車拉環的厲心棠呆呆的望著窗外，慢速的高空軌車正在轉彎，遠方有一棟棕色的住宅，頂樓還亮著閃亮亮的霓虹燈。

小提琴耶！

第五章

被奪去的人生？

豪華舒適的屋子裡，女人穿上眞絲睡衣，在浴室裡仔細塗抹著薰衣草香的乳液，房間內正播放著蕭邦的夜曲，米黃浪漫的床頭閱讀燈下，一個男人正在專心的看書。

「明天你幾點要出門？」女人婀娜步出，帶著一身薰衣草香，順帶關掉了浴室的燈。

「五點就得起床了，六點到機場。」男人還在看著最後一段落，「連著一週都不在，得辛苦妳了。」

「說什麼話！」女人掀開被子，躺上了床，男人亦同時闔上書。

摘下眼鏡、擱好書本，轉過頭來便是一個親吻。

「孩子都睡了嗎？」男人輕聲問著，吻上她的頸項。

女人嬌媚笑了起來，「你不是得早起？」

「我沒關係……身體好得很！」房內瀰漫著旖旎氛圍，男人旋即吻上了女人。

但房門突然被敲響了！他們兩個趕緊伴裝無事，看著下一秒被推開的房門外，一個小小的身影。

「爸爸……」男孩吃力的踮起腳尖才構得到門把，「可以陪我睡嗎？」

女人不住竊笑，朝男人看了眼，「叫你呢！」

「唉！」男人趕緊下床，走向門口的可愛孩子，「你怎麼起來了，不是睡了嗎？」

男孩抱著他的恐龍玩偶走了進來，被父親一把抱起。

「我的房間裡有個可怕的阿姨。」

嗯？男人略怔一秒，回眸看向在床上的女人，她不以為然的笑了笑。

「那就讓爸爸去把她趕走囉！」

嗯！男孩環著男人的頸子，被抱著走向自己的房間，女人笑著搖頭，只怕是又做惡夢了，小孩還小，分不清夢境與現實。她下床重新進入浴室，腳還有點乾，她想再抹一層乳液。

抓了乳液走出來時，卻怔了住。

剛剛在床上的被子，現在竟全部在床尾地上了？她狐疑的蹙眉，將乳液順手擱在床頭邊，緩步走向床尾，被子怎麼會說掉就掉咧⋯⋯這可不是輕被啊！

外頭的男人抱著孩子要回房間前，家裡的狗卻對著孩子房間呈警備狀態，喉間呼嚕嚕的低鳴，男人有點狐疑，房裡有什麼嗎？

「雪莉，怎麼在這裡？」男人拍拍狗狗的頭，逕自走了進去。

「汪！」狗兒一聲吠，竟夾著尾巴回身跑走，還一路往樓中樓的樓梯奔去，

男人一臉莫名其妙。

是為什麼往上跑了？牠的窩在樓下啊！

男孩的房裡留有一盞小夜燈，光源是足夠的，他們也從不將房門全關上，孩

子才不至於恐懼。

重新把孩子抱回床上，好整以暇的蓋好被子。

「看吧，那個可怕的阿姨不見了，你乖乖睡，她就不會來了。」父親溫和的

拍了拍他。

「我怕。」男孩拉住父親。

「那爸爸把燈再弄亮一點好不好？」男人又開了盞小燈，「他們都怕亮，我

們開著燈就好了。」

男人在孩子額上親吻，轉身就要離開房間，可是小小的孩子皺起眉，抓著被

子哀怨的望著父親的背影。

「她還在。」男孩是用哭腔說著的，父親不由得止步。

深呼吸，得好好安撫孩子，男人這麼告訴自己，轉過頭看向左後方那在床上

瑟瑟顫抖的孩子。

「好，她在哪裡呢？」

男孩恐懼的雙眼緩緩往下移，小小的手顫抖的指向了床下。

她在床下——剎！電光石火間，一雙手瞬而抓住了男人的腳，把他拖倒在地！

砰！人體撞地的聲音太響亮，才剛拿起被子在忖疑的女人嚇了一跳，慌張的奪門而出。

「怎麼了！?」

男人正面撲向地，雙手雖及時撐住地面，但下一秒就被往床底拖去，他使勁支撐，雙腳拼命踢動，卻根本無法抵抗的被一路拖進了床底。

「哇啊——」孩子嚇得大哭起來，此時女人衝進了房間裡！

「浩浩！」她瞧見在床底的男人，才要衝過去，床底卻剎地跳出了一個她這輩子都沒想過的身影。

陳云真爬上了男孩的床，男孩嚇到歇斯底里，不敢動也不敢叫，但卻尿濕了床舖；在床底的男人也只是被拖進來，但小腿像被什麼刺傷的疼痛，他亦驚恐的趕緊爬出。

慌忙站起，看見床的對面是個……面目可怕的……人？女人頸子剩下的範圍不多，因爲頸部彷彿被繩子割開，那張臉誰都知道不像人——問題是爲什麼他們

家有這個？

「不哭，別哭喔！媽媽來了！」陳云真竟上前，逼近了男孩，男孩卻只是連連尖叫！

「不不──不許碰他！」女人氣得尖叫，鼓起勇氣衝過去，「那是我的孩子！」

陳云真怒極攻心，那腐爛的臉一下子塞到女人面前，再把她往後推去。

「這是我的孩子──」

她找到了！

她在城市中遊盪，很快就找到了記憶裡的房子，一路到了三十樓，她對這裡的一切都是如此熟悉！看見可愛的男孩剛刷完牙，與父親玩耍嬉戲……然後，還有另一個女人出現了！

她的孩子，竟衝著那個女人叫媽媽！

看著他們像一家人的生活，看著她的男人親暱的摟著那個女人，被殺死的記憶再度席捲著她，那難已抵擋的力道，掐得她無法呼吸，她伸手痛苦的掙扎想要推開人，想要活下去──結果她還是成了現在這個樣子。

甚至，多了頸子上這條她無論如何都取不下的繩子！

女人被莫名的力量撞上孩子的衣櫃，再重重滾下，趁這空檔男人抱走了孩子，完全無法置信的看著可怕的亡者……那女人的臉在龜裂，迸開的肌膚底下是腐爛的肉啊！

這是鬼！鬼啊！

「你殺了我，帶著我的孩子跟別的女人在一起!!」陳云真咬牙切齒，忿恨的瞪著眼前看似幸福的一家三口，「把我的孩子還給我！」

🔔

「出事了！」伴隨跑步聲，女孩氣喘吁吁的出現在豪宅大門時，闕擎有幾分閃神。

「妳不是要上大夜？」闕擎皺眉看向手錶，十一點半了啊！

是啊，但是當她衝到工作的便利商店時，卻看見「自己」穿著衣服出來擦玻璃，驚愕的待在原地時，「自己」朝她眨了眼！

是阿天！他一定知道她急著想幫鬼大姐找到人生足跡，所以才替她大夜……

雖然，可能會有什麼出人意表的舉動發生，但是阿天應該不會拆她的台對吧！反正大夜人不多嘛！

「有人替我班了！快點……那個鬼大姐殺氣好重，她又生氣了！」厲心棠緊張的往裡衝，「我們要快點上去阻止她，不然又要殺人了！」

按下大門對講機，門開啟後，厲心棠率先衝進大樓的櫃檯，警衛警戒孤疑的看著他們。

「我找三十樓的住戶，他們有危——」厲心棠才緊張的喊到一半，驀地被拉到後頭去，闕擎一步上前。

「我需要找到三十樓找人，緊急狀況，麻煩了。」他不急不徐的說著，厲心棠急得跟熱鍋上的螞蟻一樣！

這樣講有什麼用啦，要說出危急狀況，請他們報警之類的，否則他們怎麼會讓他們這些外人任意上去呢？

「好，請跟我來。」

警衛突然轉身離開櫃檯，乾脆俐落的領著他們朝電梯走去。

厲心棠完全傻住，直到進入電梯時，她還搞不清楚狀況……怎麼會這麼容易？

警衛還用他的感應卡為他們按下三十樓才離開。

「你住這裡嗎？」厲心棠看著闕擎，原來是好野人。

「妳說呢？」闕擎專注的看著數字，真希望再跳快一點。

「可是他怎麼——啊！」厲心棠突然感受到陳云真的殺氣，「她好殘虐啊，為什麼會這麼恨？」

「妳被活活掐死還被佯裝成上吊自殺恨不恨？」闕擎反問，「當然，前提是她得找對人。」

「她現在一心一意就是要反殺對方，又恨又痛苦，又愛又悲傷……還有憐惜？嗄？」厲心棠一一感受著，不懂得憐惜這是從何而來。

電梯門開啟，這果然是豪宅，單層單戶，他們完全不需要憂心吵到鄰居，只管衝向大門，一個死命拍門，一個瘋狂的按電鈴！

「請開門！我們是來救你們的！」厲心棠當然負責叫喊，「你們撞鬼了，我們是來幫你們的！」

尖銳的電鈴聲與女人的尖叫聲同時響起，女人不可思議的看著被陳云真綻開的皮膚，帶著血狼狽的撞到沙發翻倒。

「不要傷害她！」男人抱著孩子像是擋箭牌似的，滑到女人身邊，「這是夢，這一定是幻覺！」

「我都痛死了，這不會是夢！」女人哭喊著，跌在地毯上，看著身後那個猙獰邪惡的女人，帶著殘忍的笑容走近他們，「快帶孩子走！」

「不……不！」男人忙把哭得歇斯底里的孩子塞進女人懷裡，「抱著他，她不傷害孩子的！」

男人接著轉過了身，陳云眞好像變得比之前更加龐大，她打算活活掐死這個男人，也該讓他嘗受她死前的痛！

「我對你這麼好，你卻這樣背叛我！」陳云眞騰空的兩隻手越張越大，使勁到上頭的青筋都爆開，「你劈腿、還讓別的女人堂而皇之住進來，帶走我孩子！」

「我……我根本不認識妳啊！」

磅磅磅！家門外傳來巨大的響聲，「請開門！我們是來救你們的！你們撞鬼了對吧！鬼大姐！不要亂殺生呀！」

除了陳云眞。

「去開門。」男人突然撂下這麼一句，轉身踩上沙發，翻過沙發後，朝著樓梯上奔去！

陳云眞毫不猶豫，直接大步跨出，從一樓瞬間躍上了樓中樓的二樓，直擊而去！這時候女人趁機緊抱著哭到快沒氣的男孩，筆直衝向大門，慌亂的就要開

門⋯⋯等等，如果外面也是鬼怎麼辦？

外頭的人已經聽見開門閂的聲音，就差臨門一腳，開門啊！厲心棠與闕擎焦急的在外頭等待，但是卻沒有期待中的連續動作。

他們怎麼會撞鬼呢？這輩子沒害過什麼人⋯⋯不對，世界上為什麼會有鬼？

女人戰戰兢兢的湊近了貓眼。

此時的闕擎就站在門外，望著貓眼的方向，只有兩秒，木門打開，鐵門開

啓，女人情茫然的開了門。

同時，裡頭傳來男人的哀鳴。

「汪！汪！」還有狗兒的吠叫聲。

「謝謝！」厲心棠不敢遲疑的衝了進去，男人從樓中樓摔回一樓，撫著右肩

看起來是摔斷了。

而陳云真由上躍下，跨坐上他身子，雙手直接就朝他頸子掐去。

「我不認識妳啊！」男人痛苦的喊著。

「等一下！」厲心棠驚恐的滑到她身邊激動大吼，「大姐，妳確定他是殺掉

妳的人嗎？」

「啊⋯⋯」男人氣管瞬間被掐緊，空氣就這麼斷了。

門邊的闋擎把女人推出去，還將門關上，從容的走進這豪華的家裡，看著十點鐘方向，厲心棠在那兒試圖勸阻。

「我是被他殺死的，他騙了我的錢跟感情，還讓小三進來，讓我的孩子叫她媽！」陳云眞怒不可遏，恨之入骨的要掐斷男人的氣管。

「這個人就是凶手嗎？妳確定是他的臉嗎？」厲心棠暗暗從包包裡拿出的物品握在手裡，「告訴我妳丈夫跟孩子的名字。」

闋擎就站在厲心棠身後數公尺，看見她的動作，心想她應該有備案吧？他完全沒有興趣跟這個即將成爲厲鬼的女人對幹！

「什麼名字，那不重要！我要殺了他，誰叫他要先殺掉我！」陳云眞的臉變得毫無人性，只是個凶殘的惡魔。

躺在地上的男人已經無法呼吸，他的臉開始漲紅，眼神恐懼的仰望著厲心棠，不……不是……我……

「名字！陳云眞！」厲心棠尖吼著，「妳看清楚他的臉跟手，是掐死你的那一個嗎？」

陳云眞根本聽不進去，她要捏爆男人的頭，再把外面那個賤貨大卸八塊——厲心棠突然將手裡的東西扔向陳云眞，連闋擎都沒瞧清楚，只看到一個大氣泡般

的東西，驀地裹住鬼大姐，直接往天花板飄去，並且徹底阻隔了她與這個現世。

闕擎趁機俯身衝去，抓過男人的肩頭就往後拖，盡可能遠離陳云眞。

「啊……」男人抽著氣，看起來還活著，闕擎手裏著自己T恤的手觸及他的頸部跟脈搏，看起來沒什麼大礙，「咳……咳咳……」

「放我出去！這什麼？」陳云眞還在嘶吼，她忿怒異常的想衝出裏住她的飄浮泡泡卻無能爲力。

厲心棠趕緊推著汽泡球朝就近的窗戶外推出去，遇到窗戶時球還會自動變形變窄，擠壓著裡頭的陳云眞。

「拜託，要確定他是凶手啊……不對，凶手也不能動手!!」厲心棠憂心忡忡的喊著，「云眞姐，妳如果搞錯就是濫殺無辜了！想一下，妳最後看到的臉是他嗎？」

「放我出去！妳這賤婊子！」隔著那薄薄的泡泡壁，陳云眞卻只能衝著厲心棠咆哮，血盆大口裡已經出現利牙，她的五官擠壓，臉部更加腐爛嚴重，蛆蟲鑽進鑽出，靈體是之前的一倍大了。

厲心棠還是把球徹底推出，趕緊關上窗戶再折返回來，這時的男人恢復了氣息，只是咳得嚴重。

「沒事了，我會叫人報警。」闕擎趕忙扳過男人的下巴，「你沒見過別人，家裡沒人進來過，就只是撞了鬼。」

闕擎說畢，回頭看向厲心棠表示該走了！抬首看著從樓上樓欄杆探頭出來的狗，似乎沒有受傷，他露出一個放鬆的微笑。

兩人匆匆的離開大門時，女人還抱著哭得悽慘的孩子呆站在原地。

「報警。」闕擎交代一聲，衝進了電梯。

女人點點頭，僵硬的走回屋裡，筆直走回房間，要拿起她的手機報警。

闕擎靠著電梯門，至此才略微鬆一口氣，卻覺得精疲力盡。

「那女人簡直是神經病！不，她殘忍又霸道，以爲世界圍著她轉嗎？她想什麼就是什麼，那個屋子裡所有的照片，都是那對男女的！我就沒看見她一張照片！」闕擎難得激動，「見到人就殺，誰都是她老公？誰都是她小孩？」

縮在角落的厲心棠也腦子一片混亂，只是她現在有個更好奇的事。

「你……會催眠嗎？」

同一轄區，原本以爲會是疲於奔命的阿傑，結果卻來了一個看他們十二次的

瘦皮猴，十之八九又是「百鬼夜行」的線人。

女人報了警，現場一片狼籍，夫妻雙雙送醫，所以厲心棠跟闕擎早早來到醫院急診室，就等一切安置妥當，他們一家休息時，伺機而動；警方原想定案為入室搶劫，但是女屋主一直堅稱是撞鬼，形容太精確到很詭異，醒來的幼兒也哭著說是個頸子上有繩子的可怕阿姨，警方只能先暫做筆錄，等明天男屋主清醒後再說。

暫時無法找到當事者問話，厲心棠跟闕擎卻飢腸轆轆，便到醫院隔壁巷口的便利商店去吃宵夜。

「你是一直都看得見嗎？」厲心棠咬著飯糰好奇的問，「還有你是不是會催眠？」

後面那個問題，闕擎始終沒回答她。

面對落地窗，一輛車子歪斜斜的在路上馳騁，一抹影子從分隔島上衝來，看似危險的情況，車子卻只是穿過了那人影，繼續急駛而去，然後一個轉彎，重重的撞上了便利商店前面的電線桿。

路中的人身體完全變形的爬了過來，而車子的駕駛癱在車內，也沒了呼吸心跳。

全都是不存在的人，重複著死前錯誤的行為。

「不一定，有強烈情感的人比較容易看得見，或是他急於被人看見。」闕擎喝著冰咖啡，在車內的亡靈抬頭看向這邊時，自然的轉向了厲心棠，「但我一個都不想見，只是一旦被發現，他們就會死纏著我不放。」

「或許他們真的是需要幫忙。」厲心棠皺眉，滿滿的同情心。

「聖母，那去找別人啊，我沒興趣也沒有意願。」闕擎說得直接，「你們店為什麼不乾脆弄個吸引他們過去的方式，省得他們一直來找我。」

呃……厲心棠尷尬笑了笑，早上他也在場，知道「百鬼夜行」不是在「助鬼」完成什麼願望。

「亡者多半可以察覺到誰能看得見他們，磁場頻率問題，就像以前轉收音機，轉到了就聽得見。」厲心棠說得頭頭是道，因為店裡也有幾個亡者打雜，

「要確定是誰，他們也有自己的方式。」

磅！眼前的落地玻璃突然撲上剛剛開車撞死人的司機，他渾身是血，整個人趴在落地窗玻璃上，就在厲心棠與闕擎的正前方。

「我知道。」他自然微笑，就像現在這樣。

厲心棠毫不在意，連被嚇到都沒有，看來她真的看不見。

「我之前去妳店裡買東西時，明明看見妳身上……那個……」闋擎相當遲

疑，不知道該不該說。

「那就是護法，叔叔會派一些人輪流保護我，但我不要！」厲心棠有志氣的

嘟嚷著，「你今天說得很對，我就是溫室裡的花朵，被保護過度的人，所以我不

能連出去打個工都要人陪吧？」

「我覺得妳很需要啊！」

闋擎挑了眉，事實上正因為是溫室的花朵，啥都不懂才容易惹事，什麼都不

會不是找死嗎？有護法她不要可以送他嗎？初期保護很正確，應該是逐漸放手，

而不是有跟沒有二選一吧？

眼尾想偷瞄希望引人注意的亡者還在不在時，卻看見他直直被一分為二，活

生生在闋擎眼前被撕開，亡者發出淒厲的慘叫聲，在鮮血後是帶著淚水的陳云眞。

「云眞姐！」厲心棠果然只看得見她，「太好了，她沒有殺氣了。」

闋擎挑高了眉，「妳確定？」

「是啊，那個球是有殺氣時才會包裹住她的，現在她沒了呢！」厲心棠抄起

東西就想往外跑，倒是被闋擎一把拉住。

「外面這麼熱，請她進來吧！幹嘛那麼辛苦！」闋擎朝外面招招手，果然下

一秒，便利商店的門自動就開了。

叮咚。

「歡迎光臨！」店員自然的喊著，一回頭，卻只有敞開的門。

厲心棠下意識打了個寒顫，從此以後她顧大夜時，如果看見門敞開裡外都沒的事。

陳云眞站到了他們身邊，一臉的沮喪懊悔，冷靜下來後，她想起了更多人時，她就會……嗯……覺得……天哪！

想起痛苦與悔恨，情感被欺騙，她也被騙了錢，男人不僅欺騙她的感情，甚至把存摺也騙走，還意圖帶走她的孩子。

「我們吵了起來，他還打了我。」陳云眞撫上臉頰，「很疼很疼，接著我撞到了桌角，我還聽見孩子哭喊著媽媽！」

但最後，她還是被活活掐死。

「所以是今晚的屋主嗎？」闕擎淡淡的問著。

陳云眞咬著唇，搖了搖頭。

「沒事沒事。」厲心棠還想安慰，闕擎明目張膽的踢了她一腳。

「什麼沒事！我們晚來一步妳又要殺人了！他們本來就是夫妻，已經結婚六

年了。」闕擎極力掩飾不爽的口吻，「大姐，妳連妳孩子都不認得嗎？」

「我記不清我孩子的樣貌了……爲什麼我會這樣？」陳云眞可憐的哭著，遺憾的是這時哭起來與嬌弱無關。

而是一個張狂的惡鬼在哭泣，彷彿隨時都會撲殺過來似的可怕。

「但至少我們知道，妳認識他們兩個，所以才會記得那間房子，甚至可能去過他們家。」厲心棠非常正面，她想到的是這條線索，「這樣離發現妳的身分越來越近了。」

陳云眞點了點頭，「我確定我去過，那個家的所有東西我都很清楚，我……非常喜歡那裡。」

她記得那份喜悅，記得進入她家時的欣喜與羨慕。

然後她又突然沉默了，蹙起的眉頭彷彿又有什麼回憶湧現，讓她相當困惑。

「我們晚點會去幫妳問問，我只拜託妳，不要沒有確定就傷人。」厲心棠沉著聲，一字一字的說，「就算眞的找到殺了妳的人，妳也不能動手。」

陳云眞根本沒在聽，而是抬起頭，帶著質疑與微慍喃喃，「我好像……不是他的唯一。你們剛提到夫妻兩個字時，我想起來我結婚了！」

才在說著，她那轉成青紫的手上，突然浮現了一枚戒指。

哇！厲心棠算是大開眼界，原來亡者的模樣，也會隨她的記憶改變嗎？

「所以是妳老公殺掉妳的？」厲心棠暗暗驚訝，這就是情殺了嗎？

這個問題，陳云真卻在心裡打了問號。

「第一次見面，是在山上一間練歌坊裡……」她眼神放遠，喃喃的說著。

簡單的鐵皮屋，有幾間房間裡面放著點歌機，老闆娘炒得一手好菜，她在那天見著了那個男人。

她記得她很愛那個男人，為了他付出許多，最後卻被他所殺，所以如此的恨、如此的不甘心，但是，她是被老公殺掉的嗎？

「天哪！不是……殺我的人不是我丈夫！」陳云真幾乎肯定卻帶著慌亂的語調說著，「我的丈夫已經死了！」

她想起她曾經哭著不知道未來怎麼辦，是那個男人摟著她輕柔的說，他會幫助她，請她不要著急，她才感受到一絲慰藉。

闕擎暗暗理著關係，怎麼突然變得複雜起來？陳云真已婚、但丈夫已死，所以有另一個男朋友？而這位男友最後殺了她，符合了騙財騙色。

「所以是男友殺了妳，對嗎？」厲心棠留意到她的記憶正在大量恢復，「我知道很痛苦，但是妳能再想想看，那個男友的特徵嗎？妳被殺時的場景，或是他殺

妳時的任何特徵？」

陳云眞微顫的搖著頭，「我躺在地上，他壓在我身上死命的掐著我的頸子，他的手……手……」

片段畫面閃現，她看見了男人右手虎口上的痣。

「這裡……虎口上有黑痣。」陳云眞指向自己轉青紫的虎口，「他要掐住我時……我看見了，對！」

又一條線索，闕擎牢記在心裡。

「好，大姐妳要不要去休息一下？平靜的好好思索發生的事情，妳想到的越多，我們就越能幫妳找到對方是誰，找到妳的孩子。」闕擎沉穩的勸說，「在這段時間內，不要再動殺機……妳看看，今天那屋子裡的人妳認識，但跟殺妳的人毫無關係不是嗎？說不定是妳朋友呢！妳差一點就要殺掉對方了！」

陳云眞驀地一陣冷笑，笑容帶著點殘虐，「我那時就覺得男人是凶手，女的是小三，那個是我孩子……但我知道我搞錯後，我覺得他們……好像死了也沒差。」

什麼！？厲心棠心頭涼了半截，這是什麼結論？

「那妳想起他們是誰了嗎？也……欺負妳？」晚上被燙熟的張于萱，是與鬼

大姐曾有過節的，那今晚的夫妻呢？

「想不起來，認識但不熟，可是我不喜歡他們。」陳云眞斜睨地面，眼神不對焦，「住在那麼豪華的地方，還頂樓！哼！屋子裡都是我這輩子買不起的東西，到底憑什麼⋯⋯」

羨慕嫉妒恨，最多的是嫉妒與恨的情感湧現，陳云眞什麼都不必說，厲心棠全都清楚感受到！她詫異的眼神道盡一切，眞是個喜怒哀樂形於色的傢伙，闕擎又踢了她的腳一下，迫使她分心，別這樣盯著惡鬼大姐。

對，惡鬼，這副模樣已經不是普通亡靈了。

「無所謂，我們爲的是幫妳找到殺害妳的人跟孩子對吧？妳如果一直不分青紅皂白的把人都殺光，遲早會找不到眞凶。」闕擎難得語帶威脅，但口吻盡可能的柔軟。

可陳云眞瞪大凶狠的雙眼用力點頭，這瞬間殺氣都湧出了。

「冷靜⋯⋯冷靜，我們會幫忙的⋯⋯」厲心棠說得非常不自信。

陳云眞卻突然衝到厲心棠面前，迫使她整個背靠上桌緣，「妳、不、許、再用、那、種、東、西、限、制、我、行、動！」

嗚⋯⋯厲心棠都快哭出來了，這麼近，她只瞧見陳云眞那雙血紅的雙眼，曾

幾何時，原本眼球裡只是血絲，現在已盈滿鮮血了。

「好。」她冷靜的回答，心裡其實想的是：我才不管妳！

要是她抓狂的開始濫殺，她跟闕擎豈不是首當其衝？叔叔給的東西當然要好好利用啊，那可是保命的好物啊！

陳云眞這才收回身子，依然用警告的眼神瞪著闕心棠，接著轉身再走出了便利商店。又是一聲叮咚，這店裡的大夜死死的瞪著他們家的自動門，這次他沒有說謝謝光臨。

「這位大姐的個性妳應該能抓到一、二了吧？她不如我們想的溫柔或可憐。」

闕擎確定了陳云眞的遠走才開口，「在公車上時，有個亡靈坐在我前座，她一話不說就把人踢出車外；剛剛這裡有個車禍死靈趴在這兒想引起我注意，直接被她撕成兩半往後扔。」

闕心棠聽得驚愕，她不知道下午公車上有別的亡者，更不知道剛剛這片玻璃外還有什麼車禍亡者，她緊張的嚥了口口水，從理容院事件、再加上今晚的豪宅追殺後，她的確隱約察覺到陳云眞的性子。

「我之前還在想，她跟一個林投樹傳聞很像，尤其她又提到她丈夫去世，簡直太雷同了。」闕心棠蹙緊眉心，「但無論如何，她被掐死是眞的，還被僞裝吊

死在了林投樹下。」

這一點，與過去曾有的傳聞不符了。

過去年代曾經有個女子，嫁給了跑船的男人，但跑船風險極高，最後因意外喪生大海，只剩她孤苦無依的照顧孩子。這時丈夫的好友出現，擔起照顧她的責任，需要依靠且日久生情的女人，最後愛上好友並嫁給他，誰知好友爲的是前夫的遺產，取得女人的信任後騙走所有錢，以做生意爲由遠走高飛，還在異地另結新歡。

而苦苦等候的女人最終察覺被騙，沒錢生活的她只能眼睜睜看著孩子一個個餓死，最後忿怒交加的於林投樹下上吊自殺。

「騙財騙色倒也不是新聞了，這個社會上到處都是，但是她如果被殺就真的是比較衰的那位。」闕擎語氣裡一絲同情也無，「如果沒有你們，這種找不到凶手的事也很多，而且別忘了我們還有警察。」

屬心棠撇了撇嘴，闕擎真的很沒同理心。

把宵夜吃完後，他們在半夜摸進了女主人的病房，闕擎毫不客氣的叫醒她，女人才想尖叫，他二話不說掩住她的嘴，與之相互凝視數秒後，她才倒抽一口氣。

「天哪！我想起來了！」女人非常愕然，「我剛剛怎麼忘記你們了！我沒跟

警方提起你們！」

「因為我不想讓您提起，不必感謝我，我只想問……」闕擎望著她的雙眼，

「妳認識一個叫陳云眞的女人嗎？」

來了！厲心棠絞著雙手，期待著答案，陳云眞既然去過他們家，就一定是認

識的人，很快的就能知道鬼大姐的眞實身分了。

女人愣了住，她瞪大雙眼蹙起眉，卻用一種不可思議的眼神看向闕擎。

「你說誰？陳云眞？」她再問了一次！

找到了！厲心棠喜出望外，這表情神態都代表她知道！

「是，我們在找陳云眞，她也就是……今晚攻擊妳的人！」厲心棠趕緊追

問，「如果您知道她的線索、認識的人、或是在哪裡工作——」

「等等，」女人連忙打斷厲心棠，「我就是陳云眞。」

第六章

她的男人

那女人，到底哪句話是真的？

厲心棠整個人貼著牆，額頭黏在牆上鑽呀鑽的，她不想相信，追了半天，鬼大姐根本不是陳云真！

那她為什麼要跟理容院的人謊稱身分？

「那是……好兄弟吧！為什麼要傷害我們？一直說我搶了她的老公？」正港的陳云真發顫的手扣著頸子，「她爛得好可怕，長得很像野獸，還有脖子上的繩子……是上吊的嗎？」

闕擎隻手扶額，無力至極。

「好，沒關係，至少她去過你們家，妳一定認識她。」他一抬頭，又說著令人莫名其妙的話語，「仔細回想，妳見過她嗎？」

「怎麼可能……」女人驚恐的搖頭，「那是一張滿是邪惡與忿怒的臉，而且她的臉在腐爛，裂開處還能見骨，我怎麼會認識這樣的人！」

厲心棠聞言回身，又趕緊來到病床邊，「想像一下那張臉完好如初的樣子！」

女人跟闕擎不約而同的望著她，誰有這麼好的想像力啊！

「她眼中的鬼大姐跟我們不一樣。」闕擎決定換個說法，「那我形容給妳

聽，身高有一百六十五公分，身材非常好，半長髮及肩，捲髮，五官端正，看上去比實際年齡小，有種清純無辜感……」

嗯？陳云真突然抬起頭，一個女人的模樣進入她的腦海。

「去過妳家，而且可能還跟一位男性一起見過面。」厲心棠記得鬼大姐形容過與陳云真見面的情景。

「是嘉年的女友嗎？」陳云真原本想抓過手機查詢，但旋即放棄，「我沒有他們的照片，但嘉年的確跟我們拍過合照……他們一起到我們家來，只是拿個東西，沒有什麼交情。」

「嘉年是誰？」厲心棠已經拿出手機錄音了，「地址或是……」

「他是我丈夫的下屬，那是在尾牙宴上……對，應該是她，穿著迷你熱褲來參加晚宴，服裝跟表現都非常外放但不合時宜的一個女人。」陳云真突然想到，

「等等，所以她……死了？」

「能拿到嘉年的聯絡方式嗎？」厲心棠只在乎這個，拜託速戰速決。

「我不知道，得等我老公醒來……他……」提起丈夫，陳云真緊握飽拳，

「我不認識那個女人，她為什麼要這樣對我？」

哎呀，關擎覺得好難解釋，「對不起喔，她記錯人了，一直以為妳是小三，

妳丈夫是她老公⋯⋯孩子⋯⋯

「嗄？這種事也能記錯？她孩子還那麼小，我孩子都已經四歲了！」陳云眞

撫著胸口，只覺得不可思議，「我是眞的撞鬼了，還差點被鬼殺了嗎？」

她狀似難以接受一切，厲心棠突然很想讓闕擎使用催眠，讓陳云眞忘掉這一

切算了。

「人生就是這麼奇妙，妳永遠不會知道下一秒發生什麼事。」闕擎輕點陳云

眞的肩頭，她含著淚光抬首，「好好的睡吧，我們兩個從未出現過，交談的一切

也只是場夢。」

陳云眞點點頭，恍若無人的躺了下來，輕柔的拉過被子蓋在身上，果然在三

秒內入睡，呼吸都跟著勻稱起來，但、是──

「你都沒問到就讓她睡了？我到現在還不知道嘉年是誰啊！」厲心棠戳戳闕

擎的背，「地址、電話？」

闕擎抓起桌面上的兩支手機，輕易放下其中一支，轉身就走出了病房。

厲心棠趕緊看向被放下的手機，手機桌面是孩子的照片，他用這個斷定哪支

是媽媽的、哪支是爸爸的嗎？

「喂，我們現在要去哪裡？」厲心棠緊趕著追出去。

看著前方的背影內心不由得羨慕加欽佩，會催眠好厲害喔，只要他願意，幾乎可以暢行無阻耶！醫院相當安靜，厲心棠不敢再大聲追問，她很想問他那兩個耳機一天到晚罩在耳朵上，到底能不能聽見她說話？而且無線耳機待機未免也太長了，從今天見面開始他就聽到現在耶！

結果沒走幾步，闞擎逕直推開了男屋主的房門，跟逛大街似的，男屋主傷勢較重，未及性命攸關但也是慘烈，但闞擎沒有叫醒他，而是抓起他的手指就朝手機上一捺。

手機解鎖，就是這麼簡單。

滑開通訊錄與通訊軟體，幾乎不到十秒時間，把畫面轉給了厲心棠，「徐嘉年」三個大字就在通訊軟體裡，最後一則訊息還是「謝謝您平時的照顧，真的對不起。」

有了基本訊息，要查其他的資料就容易多了！

「嗯，妳來。」闞擎把手機遞給了厲心棠。

「我？」她遲疑的接過，一副你幹麻不用的臉。

「我不用社群軟體的。」闞擎聳了肩，直接攤手，「快點把他的資料查清楚，對話順便存一下。」

訴警方那具無名女屍的線索吧！」闕擎忍不住打了個呵欠，「找到了就報警，告

「其實有他的名字就夠了！」

孩子才不到一歲。」

友我瞧不見，不過……對話紀錄有提到女友剛做完月子，符合陳云眞說的，他的

「徐嘉年，三十一歲。」厲心棠滑著手機查看社群資料，「其他資料不是好

厲心棠很想問，但下意識知道他不會回答。

闕擎只是望著護理師，她突然面露驚恐，匆匆的回身衝進了櫃檯後方，闕擎

「你們是……」這層樓留守的病患親屬，她不記得有這兩個人。

護理師叫住。

冷靜的走向電梯，順利的離開醫院。

闕擎朝外觀望望後，趁著無人離開了病房門口，可他們沒走兩步，立即被一位

最後不忘把手機指紋擦乾淨，雖說應該不會有人懷疑。

痕跡。

到自己信箱裡，再讓自己與屋主互加好友、取得徐嘉年的聯繫方式後，消除一切

抓緊時間，她很怕被護士贓到，闕擎就站在門口把風，她趕緊把對話紀錄發

厲心棠覺得難以置信，這年頭有人不用社群軟體，這人設果然邊緣到底！

屬心棠驚異的睜大雙眼，「現在就告訴警方嗎？」

「是啊，讓警方找比我們找快多了吧！他們又有公權力，多方便！」闕擎看了看錶，「我想回去睡覺了，麻煩把鬼大姐引回你們店裡，她不要想起誰就殺誰，再殺下去我寧可不玩。」

「嗯，她明白。」

只是那副模樣帶回店裡，只怕拉彌亞也不會想讓她進店了。

🌑

正在算帳的女人一頓，看向了牆上的鐘，四點半。

「百鬼夜行」二樓也是熱鬧非凡，妖魔鬼怪、魑魅魍魎全部聚在一起，有人在舞池這端聊天，有人正在貼身跳舞，更有一堆人在緊閉的包廂裡，盡情享受他們的夜晚。但比起一樓是安靜很多，因為他們並不喜歡音樂放得很大聲，連話都聽不清楚。

叔叔放下手裡的竹簡，走出三樓，恰巧聽著腳步聲往上，而二樓樓梯口有對火辣熱吻的妖魔們攔住了她的去向。

「人類。」妖魔們打量著屬心棠，像是在看著一份美味的佳餚似的。

厲心棠早止步不敢上前，戒慎恐懼的看著他們⋯⋯她分辨不出那是什麼鬼啊

妖的，因爲平時夜晚她並不被允許在「百鬼夜行」裡瞎晃。

「她沒手環！」另一個妖魔雙眼迸出金色光芒，喜出望外的留意到厲心棠手

腕上沒有金色手環。

「但她是我『百鬼夜行』的人。」帶著飄逸的聲音自樓上傳來，兩個妖魔一

抬首，即刻倒抽一口氣，「上來！」

「叔叔！」厲心棠刻意親暱的叫喚，以證實她眞的是這裡的人，趕緊奔上

去，依舊一襲古風的男人立即將她護在身後。

妖魔們不敢造次，有禮貌的欠了身，趕緊走回二樓。

「請不要離開二樓空間，這是規矩。」叔叔溫聲的說著，「我可以理解偶爾

踏出幾公分的放鬆，但是，不許對一樓的客人出手。」

「我們知道了，只是出來⋯⋯聊聊，」妖魔謹愼的回應，「下次不會了。」

他們再瞄了躲在叔叔身後的女孩一眼，那張臉得記住，萬一不小心在別的地

方傷到她，豈非吃不完兜著走？

見他們步入後，叔叔輕聲叫她上樓，厲心棠則快步的奔上三樓，雅姐也早站

在樓梯口，觀察著樓下動靜。

「怎麼這麼早就回來了？妳不是七點才下班？」雅姐看著阿欠連連的她，看得出這丫頭很累。

「嗯？阿天去替我……你們不知道嗎？」厲心棠一怔，害她之前還亂感動一把的，想說叔叔去他們這麼好，幫她頂了一晚。

「阿天……」雅姐無奈的嘆口氣，「他們都太寵妳了。」

喔喔，是阿天主動化身成她的嗎？她一定買很多布丁答謝他！

「既然主動想接案，就得把時間分配好，而不是讓人去頂替妳上班。」叔叔走了進來，依然是溫和好聽的聲線，卻說著責備話語。

厲心棠立時圓了雙眸，「又不是我叫他去的！我很認真，我人都去到便利商店了，可他已經化身成我在上班了啊！」

「所以？妳轉身就走了？」叔叔嚴厲的看著她，「妳不是應該叫他住手，然後自己上班？」

「我……唉唷！」厲心棠咬了唇，心裡委屈，「你們不知道情況，那個吊死的鬼大姐她很可怕，幾乎是一種失控狀態！」她轉個身，跑到雅姐面前，「她好誇張，她想起一點點事情都不求證，二話不說直接就殺！」

「殺？」雅姐略微驚愕，「那女鬼殺人了？」

「殺！而且她只是想到曾經在那邊工作，跟同事有過節不愉快，就認定對方是幫凶什麼的，活活在洗澡時用熱水把對方燙熟了……」屬心棠邊說邊打了個寒顫，「然後她想起曾去過的一個朋友家，把男主人認為是殺她的凶手，女主人是小三，他們的兒子變成她的兒子……反正她就是殺殺殺！」

「今晚殺了幾個人？」雅姐緊張的問。

「一個，還好就一個，那家人我們及時趕到，我用冷靜球把她推走了……」屬心棠說得手足無措，「對了，那個闞擎他會催眠耶，能讓人聽話的那種。」

雅姐與叔叔同時四目相交，催眠？

「所以她已經殺了一個人嗎？那要讓她進『百鬼夜行』嗎？」雅姐謹慎的想叫拉彌亞上來。

「她不見了！她冷靜後就不知道飄到哪裡去了，但是她想起了自己有過丈夫卻死了，後來這個殺她的男人其實對她騙財騙色，最後殺了她——好像以前聽過的一個民間傳說，而且她又是吊死在林投樹下。」屬心棠明示暗示，挑了挑眉。

「那個傳說是自己上吊自殺，她是被殺。」叔叔走到窗邊，往外瞥了眼，

「拉彌亞不會讓厲鬼進來，這倒不必擔心。」

「她變厲鬼了？她變得殺氣騰騰，一開始只是吊死的模樣，現在變得很凶

惡，我看了都害怕。」厲心棠想起鬼大姐恐嚇她的畫面，又打了個寒顫，「我就是怕她一直殺人，我才讓阿天繼續替我的！這事情是發生在午夜，你們可以去查！」

「好、好，知道了。」雅姐連忙安慰，但叔叔可不這麼認為。

「我們是不干預命運的，妳要想著凡事命定，妳今天如果非要上班不可，也就不可能幫得了那家人吧！」叔叔說得頭頭是道，「說不定那戶人家，注定是要撞鬼而身亡……」

「厚，叔叔！我要不去，說不定換擎死！而且你怎麼不想想，他們命中注定就是該逃過一劫，就因為我啊！」厲心棠嘟嚷著，迎視了叔叔，「那個鬼大姐這樣濫殺太扯了，是人都要阻止一下的吧！」

叔叔別開了視線，對，是人。

他又不是人，所以才不想阻止。

「好了！兩個都先別拗，反正阿天是自己去的，但叔叔說得也沒錯，妳不能顧此失彼，有多少能力做多少事。」雅姐鄭重的說著，「當初妳堅持要去打工時，保證過什麼？」

哼！厲心棠立即舉手立誓，「這份工作我一定做滿一年！」

「很好！」雅姐露出讚許的神情，「所以明天開始，就不能讓阿天去替妳了。」

「不會！」厲心棠說得心虛，萬一明天之前還找不到鬼大姐的身分怎麼辦？

「對方如果成了厲鬼，妳要小心，到了為血發狂的地步就會很危險。」叔叔正在忖度，他原本只是想讓棠棠開始接觸真正的死者亡魂，但倒沒看出那個女人這麼暴戾。

「會，你們給我的東西我都帶著。」厲心棠緊緊壓著身上的包包，「我們今天已經找到她的男友了，非常有可能是凶手，闕擎要我報警，他覺得讓警方去查比較快。」

「合理啊，那小子還挺聰明的，警察有公權力，比你們瞎摸瞎找方便多了。」

雅姐深表同意，「反正我們在警方也有人，要消息並不難⋯⋯只不過呢，這個消息要給誰啊？」

她問向站在一旁的叔叔，叔叔明顯的也在深思。

「這算大案子吧？我看新聞說是具無名女屍，都爛得差不多了，破案也是大功一件。」叔叔隨手拿過架子上的竹簡，帥氣的攤開來，「上次是文翔，這次應該輪到阿傑了。」

「阿傑不是能做大事的料。」雅姐立即反對，「我們現在在警局裡的人，多半都是為了家人有所求，沒什麼精明人士。」

「藉由他們的手，交給我們覺得比較 OK 的人呢？」

聽著大人們在說話，中間的厲心棠只覺得複雜，對她而言，要怎麼讓這個消息自然的傳給警察才是重點吧！

萬一警察問她怎麼知道的那該怎麼辦？找幾個地縛靈？還是水鬼……

「讓棠棠挑吧！」突然一句話進入耳裡，厲心棠回了神。

「嗄？」她看見叔叔。

「妳選擇要把線報給誰，我們就不多做介入了。」叔叔手微施力，竹簡便緊緊捲起，「但有個前提，是妳自己必須處理這個線索，不能透過店裡的人。」

「什麼？」厲心棠嚷了起來，「總不會要光明正大的去警局說，您好，我知道那個吊死在林投樹下的女人的男友是誰吧？」

叔叔挑眉，一副這本來就妳該想的事。厲心棠咬咬唇，委屈巴巴的拉了拉雅姐的白色衣裙，古典女鬼般的雅姐，是對她最最好的人了！

「妳叔叔說得沒錯，不該藉由外力，這是妳自己想做的事不是嗎？」雅姐溫柔的捏捏她的臉頰，「不該動用到店裡的資源，任何人……」

厲心棠有些不可思議，她縮回身子不讓雅姐碰她，滿心不悅的站了起來。

「你們不想做，所以我來做，我從小到大都在保護下長大，現在又突然要我去面對一切？」她雙拳緊握，鼓起勇氣說出心中不平，「我今天被鬼大姐嚇得不輕，我沒想到人死後變成亡靈會這麼暴戾，你們總是說人類很複雜很可怕，說了半天卻不讓我去面對外面，我到現在都沒上過學！」

「就是因為人類世界太複雜，我們才不讓妳去。」叔叔說這話七分真三分假，不過依然可以義正詞嚴。

「你知道關擎怎麼看我嗎？他說我根本是溫室裡的花朵，自不量力！」厲心棠不爽拉高分貝，「我也承認我能力不足，但我這樣還不是你們造成的！」

「棠棠！我們是為了保護妳！」連雅姐都希望她自制。

「愛之適足以害之！」厲心棠忍著淚看向他們，「這不是你們為我上的第一課嗎？」

厲心棠扭頭就往外衝，屋子裡誰都沒追，只是專注的盯著她的舉動，她一路衝到一樓，進入就算天將亮還是人聲鼎沸的夜店後，才稍加放心。

接著兩個人互看一眼，根本異口同聲：「你╱妳慣的！」

「你們店是不是禁止你們跟客人談戀愛啊？」喝茫的女人嬌媚的坐在吧台

邊，情慾高漲的看著帥氣俊美的德古拉。

德古拉勾起性感的嘴角，又是一副盡在不言中的樣子。

「還是你已經有女友了？」另一個女人頻送秋波，「百鬼夜行」裡最帥的吸血鬼，一舉一動都迷死人了。

一個身影氣沖沖的從樓梯下來，二話不說就坐上吧台角落的高腳椅，德古拉一秒回頭，詫異的看著不該出現在這裡的「客人」。

「等等我。」德古拉朝著女士們禮貌頷首，從容的走向另一頭的角落，「這麼可愛的小姐……」

「我要一杯威士忌！」厲心棠噘起嘴，怒目而視。

德古拉瞅著她，永遠帶著微笑，「沒問題！」

他開始調酒，清晨已經不忙，因為即將閉店，大部分的客人也喝得差不多了，鮮少人會再加點，而那些拼命想加點的人，他也都會控制，至少得讓他們能走出去才好。

拉彌亞在店裡穿梭著，不需睡覺的她，總是盯著每一個客人，防止非法交易出現在這名聞遐邇的「百鬼夜行」。

雪姬收著餐具回到櫃檯時，瞪大眼睛看著角落的厲心棠。

「小姐點了杯威士忌。」德古拉刻意重述，雪姬眼睛瞪得更大了。

但德古拉依然備好「百鬼夜行」的杯墊，擱到了厲心棠面前，並端上一杯漸層美麗的飲品。

接著他走回美女前，繼續與她們談笑風生，不一會兒便交換了社群帳號。

雪姬來到厲心棠身邊，她正瞪著飲料，忿忿不平，「我要威士忌。」

「妳喜歡喝冰的對吧？」雪姬握住了杯子，一秒變成軟冰沙，「喏，可樂冰沙。」

「我⋯⋯」厲心棠很想抱怨，但德古拉做的彩虹可樂超好喝的，她還是拿過來，大口的吸著冰沙。

接著，都不必等人問，她就劈里啪啦的把剛剛發生的事全說了。她在角落小聲的說，在場所有的非人類都聽得見，吸血鬼們不便置喙老大的家務事，他們一堆人都想幫棠棠，但沒人敢出手啊。

老大都這麼硬了，天曉得阿天今天下班回來會多慘！

「的確是放手得太快，但快慢我們也不知道怎麼拿捏。」雪姬語重心長，「可以的話，我希望妳永遠不要離開這裡，就在這裡打工不好嗎？」

厲心棠眨了眨眼，她跟錯人訴苦了，雪姬掌控欲很強，她這次打工，她是反

對最激烈的人。

正妹們跟跟蹌蹌的離開了店家，吸血鬼服務生扶著她們出去，德古拉終於能過來說上兩句了。

「其實能獨立完成就試試看吧，妳先不要管老大他們怎麼說，妳也的確不能總想著有幫手。」德古拉邊說，又遞上了一盤濃郁巧克力慕絲。

「哇！」厲心棠瞬間笑顏大開，雙眼都亮起來了，「你的古典巧克力蛋糕最好吃了！」

笑了就好。德古拉寵溺的凝視著她，大口大口的吃起蛋糕來，連雪姬也不由得輕笑起來，幸好棠棠單純，容易被分心。

「慢慢吃，吃完了去睡覺，明天起來再好好想想，要怎麼處理吊死鬼的事。」雪姬不喜歡看見生氣的棠棠。

提到鬼大姐，厲心棠吃蛋糕的速度慢了下來，有點遲疑的望著遠方；找警察的確是最快的方式，他們可以找到徐嘉年的下落及背景，但是鬼大姐要的是她的人生。

「她想知道她是誰。」厲心棠戳著蛋糕，「如果我先告訴警方這條線索的話，我就不能自己先去找徐嘉年的同事問問題了！」

德古拉劃上笑容，「所以呢？」

「我先拿到我要的線索，再跟警察說。」厲心棠轉著眼珠子，「好像有點不好，但是……畢竟沒有我，警方還是會繼續追查對吧？」

德古拉藍色的眸子裡映著女孩的身影，「妳說什麼都對。」

「我要是再不快一點，我怕鬼大姐會一直殺人了！」厲心棠想起晚上的事又打了個哆嗦，「真可怕，闕擎說得對，她真的是個厲氣很重的鬼。」

殺人？雪姬跟德古拉交換眼神，那個吊死鬼居然已經犯戒了!?

「這件事得速戰速決，然後我一定要說服鬼大姐冷靜，不能讓她大開殺戒！」

厲心棠大口的吞著蛋糕，然後，既然知道徐嘉年工作的地方，就絕對能問到蛛絲馬跡，「如果真的是這個渣男騙了她……」

那這個渣男現在在哪裡啊？

🔮

棉花糖女孩架好機車，從上頭拿下大小包的袋子，今天遇到超市特價，她買了一大堆東西回來，明後天是連假，她已經想好要來個美食連假！

吃力的走上階梯，她住的是舊公寓，雖然要爬樓梯，但是她都這麼胖了，有

動總比沒動好。

一步步的往上走，快接近她的四樓時，她卻在往上的樓梯口瞧見了一個好奇看著她的小男孩，衣服好髒，看上去才兩三歲左右的稚兒，為什麼坐在她家門口的平台？

狐疑的再往上走，看見的是一個較大且神態緊張的男孩，他嚇一跳般的揪著身邊男人的衣袖，躲藏到他身後。

男人坐在地上，的的確確就是靠在她家門口，看見她時雙眸亮了起來，虛弱的揚起微笑。

「思鳳！」

要不是食物很貴，按照電視劇的震驚程度，她滿手的東西一定會摔上階梯，滾落一地……但好不容易買到的，不可以浪費！

嘴角抽搐，又哭又笑的看著男人，最終一句話也說不出來，淚水卻奪眶而出。

「嘉年！」

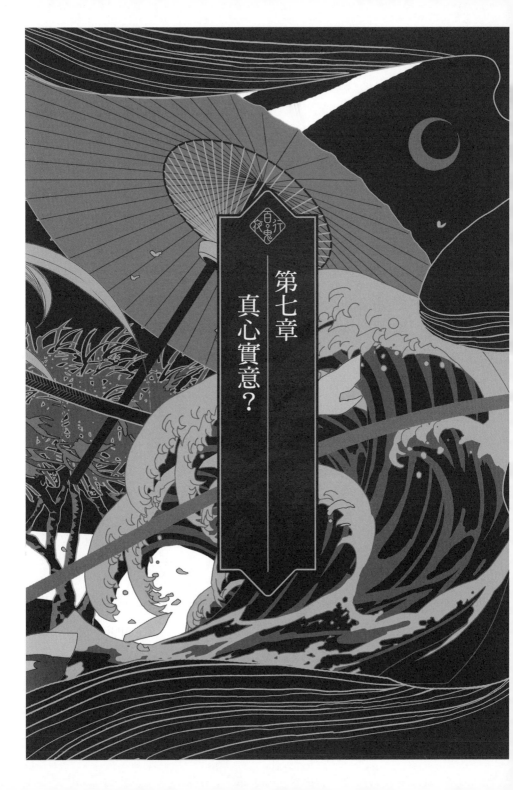

第七章
真心實意？

不管男人還是男孩，每個都洗得乾乾淨淨，王思鳳上氣不接下氣的進家門，手裡拾了一袋衣服，走到浴室前敲了敲門。

「嘉年，我買了簡單的衣服，你們先換上！」她忙不迭地剪標，浴室門開了個縫，她便把衣服遞進去。

轉身趕緊收拾客廳茶几的東西，連堆滿東西的餐桌也都先把東西掃在一起，晚點兒再收，現在要緊的是烤箱跟爐子上的東西，她匆匆的繫上圍裙，緊趕著做飯。

浴室裡的徐嘉年為兩個男孩吹乾頭髮後，終於帶著他們出了浴室。

王思鳳已經在腦子裡預想了很多次的台詞，她要用什麼角度回眸，要用怎樣的笑容自然的說：餓了嗎？我煮點東西給你們吃！

但身邊衝來兩個男孩，飢腸轆轆的嚥著口水時，她就什麼都明白了。

「坐一下，我等等就煮好了……櫃子裡有餅乾，先拿給孩子吃吧！」她回首看向徐嘉年，他氣色也很糟。

走向王思鳳的男人滿臉歉意，「真的很抱歉，這樣突然來打擾妳……」

她瞇起眼睛笑著，「等我煮頓好料的，你知道我的手藝。」

徐嘉年凝視著她，「我一直都知道。」

這樣的凝視在多年後，依然讓王思鳳心跳加速，小鹿亂撞。她紅了臉趕緊轉回身忙著爐上的東西，徐嘉年則讓兩個孩子到客廳去坐好。

「餓——」兩個孩子嚷嚷著。

徐嘉年最後開了櫃裡的蘇打餅，一人一片，慢慢的吃，還得靠著茶几，不能把餅乾屑掉在地上。

接著，他再度走向廚房，光是聽見腳步聲，王思鳳就會渾身緊張。

「我來幫妳吧！」

「不、不必啦！」王思鳳乾脆的說著。

「別這樣，是我們來叨擾妳的……還讓妳破費買衣服，與人為善，我等等給妳錢。」

他其實不是非常帥的男人，但就是乾淨斯文，臉上總是帶著微笑，隨和的個性，對誰都很好，包括她這個貌不驚人的胖女孩，他也未曾有過一絲歧視。

有人說他是中央空調，對誰都暖，不誠心，但是她覺得徐嘉年就是這樣善良的男孩，為什麼非得要他壓抑本心，只對一個人好？

「不必給我錢啦，我就是……沒關係。」王思鳳不知道該怎麼說。

能再見到他，她已經很高興了。

知道他生孩子後，她原本已經死了心，但是……他孩子不滿一歲，但現在這兩個男孩都超出了歲數，那個女人帶著孩子走了嗎？

「我有錢的，只是……有些困難。」徐嘉年低垂下頭，難以啓齒。

「……我明白，有錢卻不能住旅館，你們三個看起來餓壞了又髒兮兮，肯定有難言之隱吧。」王思鳳心細如髮，她什麼都知道，「我這裡簡陋，但要塞一個大人跟兩個孩子，還是有空間的！」

徐嘉年緊抿著唇，像是快哭出來般的忍著淚水別過頭去，他假裝忙碌拿了碗筷到後頭的小餐桌上，王思鳳是個很有儀式感的人，即使套房坪數不大，茶几是茶几，餐桌是餐桌，從不馬虎。

看那陽台邊，還有個折疊桌，上頭蓋著蕾絲桌墊，肯定是喝下午茶用的。

半小時後，孩子們上桌，幾近狼吞虎嚥的地步，一時之間餐桌上都是碗筷聲，大家都餓壞了！唯一沒動筷的是王思鳳，但是她卻是笑得最幸福的那位。

孩子們都很有禮貌，徐嘉年叫他們哥哥與弟弟，不太想讓王思鳳知道他們名字，她也無所謂，她在乎的只有徐嘉年，他帶來的人，她也願意照顧，就這麼簡單。

他們曾是同事，全公司都知道她暗戀……光明正大的喜歡他，拼命的獻殷勤

示好，倒追也都無所謂。但是他一直婉拒，也沒有因為她的倒追而趁機揩油，反而是不停的告訴她，她值得更好的男人。

結果可能她太過心急，最後竟把他逼走，在她未曾發覺的情況下，他遞了辭呈，離開這裡，到另一個城市去了。

不過社群並沒有被刪好友，她為此哭了好幾晚，傳訊息問他為何如此？是因為她太喜歡他了嗎？

他還以肯定的答案，是的，因為他在這裡，只會阻礙她的幸福。

她當年看著訊息痛哭，怎樣就是討厭不起來，這樣暖心的人，真的不愧是她喜歡的人。

為了不給他壓力，她不再吵他，只有大事或逢年過節時祝賀一下，認真發著社群動態，希望他能知道她過得很好，不要擔心；這幾年不是沒有不錯的對象，但是她就是只喜歡他，沒辦法。

但是，徐嘉年卻有了新戀情，沒有在社群上公開，私下告訴她了。

她只能祝福，知道自己不可能跟他在一起，只能當最好的朋友；但他不知道，他孩子出生的那晚，她崩潰痛哭，想死的心都有了，那一刻他們真的再無可能了。

誰又能想到，現在徐嘉年活生生的站在她面前，住在她的家，仔細的洗著碗。

「妳都不問發生什麼事嗎？」徐嘉年將洗好的碗盤遞給她，她接過擦拭。

「你想說時自然會說吧。」王思鳳輕柔的擦著，壓低聲音就怕吵到睡著的孩子們，「我只知道，你到我這兒，絕對是逼不得已……」

「不是！」徐嘉年即刻看向她，「是我只能想到妳。」

……王思鳳覺得自己快飛起來，向左上看向高瘦的徐嘉年，內心說不出的興奮卻又得忍住想笑的情緒。

「謝謝。」她正首，專注的盯著盤子。

「但妳也說得沒錯，我的確是出了狀況，我需要一個安全又能讓我心安的地方。」徐嘉年嘆了口氣，「腦海裡第一個浮現的就是妳了。」

「你絕對可以信任我。」王思鳳肯定的說。

徐嘉年終於泛出見面以來第一個放心的笑容，「我知道。」

他們相視而笑，一切盡在不言中的感覺，他洗碗、她擦拭，所謂歲月靜好，是不是就是這個樣子？

即使他有了女友與孩子，但至少她還有機會擁有這樣的片刻。

兩個男孩在客廳地上呼呼大睡，王思鳳挪動了茶几，鋪了被墊讓孩子們睡，

天氣熱，孩子們踢被踢得亂七八糟，王思鳳小心的過去為他們蓋上，將電扇喬個角度，怕孩子太熱。

「媽媽……」弟弟翻了個身，像在做惡夢一樣，「媽媽！媽咪不要！」

弟弟突然激動的抽動著手腳，王思鳳見狀，趕緊伸手拍了拍他，「噓……

乖……乖喔……」

這樣的觸碰似是奏效，弟弟靜了下來，緊皺的眉頭瞬而舒展，又沉沉睡去。

「這是她的孩子嗎？」

走回臥室時，王思鳳忍不住問了，因為徐嘉年的孩子應該也才六個月大。

在臥室門口等待另一床被的徐嘉年沒有隱藏，立刻就點了點頭，「對，她的

老大跟老二。」

「跟前夫的啊……為什麼在你這兒？還有你的小玉米呢？我一直想看他的！」

王思鳳搬出了涼被給他，問起他應該尚在襁褓中的兒子，小名玉米。

徐嘉年接過被子，神情浮現哀傷，「我暫時，可能得帶著這兩個孩子打擾妳

一段時間，有些事現在還不能說，我只能告訴妳，如果再給我一次機會，我一定

會選擇妳，不會選那女人……」

這類似告白的話令王思鳳震驚，她有一瞬間的錯愕，可下一秒徐嘉年突然滴

下了淚，甚至埋進了剛拿到的被褥裡痛哭失聲。

「嘉年！嘉年……」王思鳳即刻上前抱住了他，「沒事的，沒事的……不管發生什麼事，你知道我一直都在！」

徐嘉年鬆開手，被褥落上了地，而他緊緊環抱住了王思鳳！她真的受寵若驚，夢想中的一切，好像在今晚都實現了。

「我真的錯了，大錯特錯，為什麼我當初不選妳呢！」徐嘉年哭得泣不成聲，擁抱著王思鳳的力道誠懇異常。

王思鳳也激動得快哭了，就算徐嘉年只是一時失志，需要人安慰她都無所謂，因為她就是這麼愛他啊！輕柔的拍著他的背，她寧願成為這男人的依靠。

「我不會造成妳負擔的，妳放心……我說有錢是真的。」徐嘉年悶悶的說道，「明天我就去領錢出來，至少當生活費！」

「錢的事你不必在意啦！」王思鳳說的是真心話，為了徐嘉年，她省吃儉用都值得，「但是……」

她突然輕輕挪開他，抽過衛生紙讓他擦拭一臉的淚水，徐嘉年哭得眼睛都紅腫了，望著她鼻子一酸，又哭了起來。

「嘉年……嘉年，你先冷靜點。」王思鳳搖了搖他，「你得告訴我，你把孩

子帶來，那女人知不知道？」

喝！徐嘉年顫了一下身子，用心虛的眼神瞄了王思鳳。

「她……知不知道有關係嗎？」

「嘉年，她如果不知道，你就變誘拐或綁架了，吵架難免，但是你如果一聲不吭的帶走她的孩子——」

「她不會報警的。」徐嘉年打斷了她的話，斬釘截鐵，「絕對不會有人報警的。」

嗯？王思鳳幾分詫異，嘉年竟如此肯定？

是因為……他的小孩也在她手上嗎？

「如果吵架的話，還是要溝通比較好。」王思鳳理性的說著，「我這邊你愛待多久就待多久，但是不能一直逃避下去……」

「沒有用的，已經無法溝通了。」徐嘉年劃上淒楚的笑容，驀地再度把王思鳳擁入懷中，「思鳳，我只有妳了。」

我只有妳了。

王思鳳感受到緊室的擁抱與滿滿的愛，她不想打破這片刻美好，便不再發問了。

緊擁著她的徐嘉年眼神深沉，是啊，絕對不會有人報警的，因為死人是無法

打電話的。

客廳裡，五歲的哥哥候地睜開眼睛，緩緩坐起了身。

他看著門半掩著的房間，心裡覺得叔叔真厲害，叔叔說有個阿姨非常非常喜

歡他，不管說什麼她都會信，而且還保證今晚就有好吃的、跟舒服的地方睡了。

他抱著被子重新倒下去睡，阿姨人很好，做菜比媽媽好吃，也比媽媽溫柔，

但是⋯⋯他還是有點想媽媽了。

媽媽，還會回來嗎？

儘管疲累，但屬心棠心有罣礙，無法睡得安穩，明明天亮才睡覺，卻愣是正

中午就醒了，叔叔跟雅姐都不在，屋子裡只有拉彌亞醒著，她從冰箱抓了瓶牛奶

灌下，就準備要出門了。

「那個吊死鬼昨晚完全沒跟回來，我去巡了一圈，她甚至沒靠近店。」拉彌

亞送她出門，「妳要去警局報案嗎？」

「嗯，我寫了匿名信。」屬心棠拍拍斜背包，「今天寄明天能收到。」

這麼麻煩？拉彌亞不動聲色，反正棠棠想做什麼，便是全力支持就好了，

「妳凡事小心，嗜血的亡者只會越來越失控。」

「嗯！」厲心棠用力點了頭，牽著腳踏車從後門出去，「那我走了喔！幫我

跟叔叔他們說一聲。」

拉彌亞微微一笑，揮手對她告別。

跨上腳踏車，厲心棠即刻快速騎乘，寧靜街上的餐廳已經開了，她是有點

餓，但是現在沒有時間坐下來好好吃，她只想快點找到那個徐嘉年工作的公司！

上午打電話給關擎一直沒人接，傳訊息給他後，她就直接出門了。

那間公司距離有點遠，所以厲心棠騎腳踏車到轉乘的捷運後，便改搭捷運過

去；徐嘉年在一間廣告公司工作，還挺大的，所以昨晚的屋主才會住在那種豪宅

頂樓裡。

抵達公司樓下時，發現有媒體在外面，看來昨天的案件果然不小，被警方認

爲是入室搶劫了！厲心棠假裝那棟樓的員工進入，結果一看到閘門就慫了，她沒

有識別證怎麼進去啦！

「訪客那邊請，換證件。」一張訪客證在她眼前晃著，清瘦的背影掠過她往

前去，輕易的過了閘門。

「關──」厲心棠想喊些什麼，他人已經過了閘門，還回頭對她擠出嘲諷的笑容。

可惡！厲心棠即刻轉身，衝到櫃檯那邊去，幸好證件是叔叔給她的成年禮物，要不然她要怎麼押證件啦！

匆匆趕到廣告公司那層樓時，完全不見關擎身影，她看著緊閉的霧玻璃門，還在想著該怎麼上前，用什麼身分進去啊？

「啊……妳是那個學生吧？」有個女人從廁所走出來，正準備進入公司，

「妳同學已經到了！」

「噢，好！」厲心棠簡直頓悟，好厲害，關擎用學生的名義堂而皇之進入人家公司嗎？

她跟著女人順利的進入公司，女人還親切的帶她到一間小間的會客室，關擎早就坐在沙發上，手裡還煞有其事的拿著一本筆記本，對面有另一個男人正在與之交談。

「抱歉，我來晚了！」厲心棠反應還是很快的，趕緊來到關擎身邊坐下。

「還好！我們也才剛開始，我姓張。」男人趨前遞上名片，「抱歉，昨晚公司出了點狀況，所以今天很亂！」

「我們來得不是時候嗎？真抱歉，但是……」厲心棠先客套一番。

「我們其實是想問徐嘉年的事。」

隔壁的闕擎開門見山，但屋子裡其他兩個人都愣住了，厲心棠一口氣差點上

不來，他就這樣直接說？

「……徐嘉年？」張先生果然一陣錯愕。

「昨晚是我們兩個救了你們老闆夫妻，但細節因警方偵察不公開，所以我們

不能說，其實我在找一位徐嘉年大哥的行蹤。」闕擎說得非常自然，「你們可以

打去問夫人沒關係，我只想知道徐嘉年人在哪裡而已。」

這一連串的話語讓張先生有些吃驚，他非常狐疑的打量著闕擎，剛剛還說是

廣告系的學生想做個調查，現在卻說是來找徐嘉年的，這就是明擺著的欺騙啊！

「我叫警衛。」張先生起身，就要去喊人，厲心棠緊張的拉了拉闕擎，催眠

啊大哥！

但闕擎八風吹不動，還端起桌上的茶水，完全不慌不忙，這下厲心棠急了，

她跳起來追上前，才想要解釋──結果張先生一踏出會客室，旋即退了進來。

「所以你是徐嘉年什麼人？」回頭的男人顯得有點猶豫，「他已經消失好久。」

「我想可能差不多一星期左右吧。」闕擎挑了眉。

「對，一星期。」男人深吸了一口氣，「找到他能夠通知我們一聲嗎？要找

他的人非常多！」

「沒問題。」闕擎一口答應，「但我需要知道他的狀況，在公司是怎樣的

人？或是他有沒有要好的朋友？同事？女友？」

張先生要他們稍等，便走了出去，只留下厲心棠呆呆的站在門邊。

「你催眠過了？」

「當然，未雨綢繆。」闕擎自負的擠了個假笑，「不是每個人都像妳這樣沒

計畫的！」

「我哪有沒計畫了，我就是想來這邊找徐嘉年啊！」厲心棠噘起嘴，嘟嚷著

坐回來，「只是我以為直接走進來就好了……

嗯哼，闕擎連吐槽都懶，直接走進來？當這裡是餐廳喔。

他其實沒對張先生做什麼事，只是希望他一走出那道門，就會積極幫助眼前

的陌生人。

不過他說如果找到徐嘉年，還一定要告訴「他們」？他們是？

不一會兒，好幾個人一塊進入了會議室，老實說，每個人身上都帶著怒火，

目露凶光。

「他就是個渣！」女同事陳小姐不爽的握拳，「一整個中央空調，對誰都暖！」

「我以為這樣是好人的意思？」厲心棠尷尬的回著。

「妳男友是中央空調看妳還說得出來嗎？」長髮女人是主管，看向闕擎，

「這位怎麼看都不是中央空調啊！」

「他不是我男友啦！」厲心棠連忙搖手，「等等，說到哪邊去了……所以他

很會跟人家搞曖昧？」

「我覺得他不是故意的，他就是對每個人都很好，但他的女友並非公司的

人。」張先生力持中肯，「但對誰都好……多少有問題！」

「都是為了讓大家相信他，所以才當大好人，讓大家放下戒心！」陳小姐說

得牙癢癢的，「讓大家投資他！」

投資？厲心棠聽見了關鍵字！又跟錢有關？

「對，他交了那個女友後就變了，一開始我們以為是好事，他要結婚、女方

想開一間服飾店，一開始問大家借錢，後來乾脆鼓勵我們投資！」那男同事語重

心長，「因為徐嘉年平時人真的很好，我們都覺得他不會騙我們，因此大家都拿

錢出來幫忙！」

「結果一拖再拖，一直都說在看店面、房東刁難什麼的，接著有人想要回

　錢，他又說現在資金都出去了沒辦法給我們——」女主管雙手一攤，「接著他就跑了！」

　「找過……」

　「打電話、傳訊息全部都找不到人，我們還親自去他家過！」女同事說得義憤填膺，「他家門口一堆信，早就跑路了！」

　「錢不算多，但都是辛苦錢！」陳小姐激動的看向闕擎，「所以拜託只要有消息，一定要通知我們！」

　關擎點點頭，「但如果他是成心要騙，找到他也不一定有錢還。」

　「不管，至少有人！」陳小姐叫嚷著，「再不然也要叫他那個女友還啊！這還不是都為了要幫她開店！」

　女主管卻遲疑，「我其實還是想相信嘉年，我覺得都是那個女友的問題。」

　「那個女友，」廣心棠與闕擎異口同聲，兩個人頓住後相視，「知道名字嗎？」

　「名字不是很清楚，但是都叫她燕子。」女主管回憶著，「人很漂亮但是命不好，聽說很年輕就結婚生子，結果老公死於意外的樣子，後來因為那個女的孤苦無依，徐嘉年這人就開始照顧起她來了。」

啊呦，屬心棠眨著眼，這跟那個傳說有八十七分像了啊！

而且這個男人不只騙財騙色，連同事的錢也都騙了，這真的是無本生意耶！

「服飾店是想開在哪裡呢？」闕擎覺得可以從店面下手。

「只知道路名，但不知道地址耶……」陳小姐認真的回想，「不過我知道她女友在哪裡上班！」

咦？闕擎跟屬心棠兩人不約而同的在心裡喃喃：不是理容院嗎？

「還，不是有個方小姐嗎？」張先生想了起來，「叫方瑋茹的，她在咖啡廳上班，是燕子的朋友！」

兩位女同事看向了張先生，一副你怎麼知道的樣子？

「你連他女友的朋友都認識喔？」

「不是！我們有一次開會叫咖啡，徐嘉年去拿時跟那個外送的相見歡啊！」張先生趕緊緊解釋，「就經理硬要叫手沖咖啡假掰啊！」

「店名？」闕擎即刻拿過紙筆。

「在四全街上，叫午後咖啡。」張先生懶得寫，直接講，「那不是連鎖店所以很好找，而且那個女孩子妝很濃，也很瘦，但身材不好，就像竹竿一樣。」

「形容就形容，還在那邊人身攻擊。」同為女性，同事們發出不平之鳴。

「是給他們方便認的啦！」張先生連忙解釋。

關擎即刻起身，準備就要過去那裡，厲心棠慌亂的收拾東西，怎麼說走就

走啦！

「抱歉，我們現在就要去找！」厲心棠尷尬的收尾，「先走了。」

「啊……好。」同事們有些錯愕。

「等一下！」最年長的女主管開口了，「那你們找徐嘉年做什麼？」

呃——厲心棠緊繃著神經，這要叫她怎麼回答啊？

開門的關擎倒是回了頭，「幫人討債。」

幫冤親債主討債，也算債吧！

也對！厲心棠賠著笑，看起來是在幫鬼大姐討——喝！她猛然感受到一股質

疑與猜忌的情感，從頭髮品頭論足到腳趾頭，而且伴隨著一堆咒罵。

四處張望，尋找鬼大姐的身影，但直到進入電梯後，都沒見到。

「她在附近嗎？」關擎看得出她的表情。

「應該，她討厭那些同事，不停的咒罵，還覺得沒多少錢也在計較……」厲

心棠非常困惑，「鬼大姐認識他們嗎？」

「如果她就是徐嘉年的女友的話，」關擎挑了眉，漫不經心的靠著牆面，

「或是等這裡發生命案──」

「不行！她不能隨便想就隨便殺！」厲心棠聞言緊張極了，「還是我上去看一下！」

「有殺氣嗎？」闕擎涼涼的問。

「……沒有。」厲心棠揪著胸口，「她討厭，但是沒像昨天那麼歇斯底里。」

嗯哼。闕擎點了點頭，電梯抵達一樓後，他們迅速換回證件，出門隨手招台計程車，趨車前往所謂的午後咖啡廳；結果厲心棠匆匆出門什麼都帶了就是沒帶錢包，闕擎是瞪著眼付錢的。

「公帳。」闕擎把收據塞給她，要她拿回去報公帳。

自然的以客人之姿進入咖啡廳，厲心棠肚子的叫聲已經吵了闕擎一路，所以他們直接在這兒點輕食當午餐；厲心棠活像餓死鬼般大口吃飯，而且還點了套餐，等會兒有飲料跟蛋糕呢！

瞧她吃得這麼滿足，闕擎都很懷疑爲什麼有人會覺得看女孩這樣吃飯很可愛的？他只感覺到──

「沒錢還點這麼多，妳臉皮也眞厚。」闕擎認眞的凝視著她，「妳是打算在這裡洗碗嗎？」

「我有電子支付。」她哼了一聲。

「這間店只收現金。」他隨手一指，收銀機上貼著大大的牌子。

厲心棠焦急的看過去，吃驚得倒抽一口氣，她眼睛再大也沒瞧見那塊牌子，這下尷尬了。

「妳要慶幸我有帶錢出來。」闕擎不悅的撇撇嘴，很會找麻煩啊！

服務生過來收拾餐盤後，一位高瘦的女孩為他們送上甜點，果然就像根竹竿似的，為他們送上餐點。

「方瑋茹嗎？」厲心棠仰著頭朝她投以熱切的目光。

「咦……」方瑋茹一怔，「是。」

「您好，我想跟您打聽一個人。」厲心棠覺得自己像偵探似的，「妳有沒有一個朋友，長得很正很美，丈夫去世，有個男友叫徐嘉年？」

方瑋茹呆望著厲心棠，放下餐盤後再看向她對面的闕擎，絞著衣角看起來很緊張似的。

「看來妳認識對吧？」闕擎緩緩的出聲。

只見方瑋茹深吸了一口氣，微傾上半身的彷彿要說出什麼祕密──

「那個死婊子！」

第八章
她的朋友們

數人一起來到了一間空屋，門口還貼著「租」的字樣，領頭的男人熟門熟路的直接轉開門把，領著大夥進入這空蕩蕩的店面。

這位高大壯碩還嚼著檳榔的男人叫德哥，後頭染綠色頭髮的叫昌仔，再後面跟著的就是方瑋茹，這三個完全一副流氓樣，十個字有五個字是髒話，看著他們，闕擎突然一點兒都不意外鬼大姐是那種個性了。

「就這間啦！那婊子說要租這間來開店！」方瑋茹說話咬牙切齒的，「我們是看她可憐好嗎！帶兩個孩子又死老公，之前在美甲店上班又被欺負，才借她錢的！」

美甲店又是什麼？厲心棠益發覺得無力，鬼大姐到底在幾個地方上班過？或是說，她真的有上班過的地方是哪裡？

「他媽的賤貨！弄得自己超可憐的樣子，騙得我們團團轉！」昌仔非常不滿，「她還誘惑我，讓我以為她對我有意思，結果我幹他媽的還從瑋茹口中才知道她有姘頭了！」

「什麼姘頭，男友啦！」方瑋茹啐了聲，「我哪知道你不知道……」

「她又沒離婚，就姘頭啊！」昌仔怒罵著，「她找我時老公才死沒多久耶！媽的就是賤！」

站在一旁的德哥都沒說話，渾身都散發著怒氣。

「抱歉，所以她叫？」厲心棠小心翼翼的問。

「嗄？你們來找她不知道她叫什麼名字？」昌仔誇張的笑了起來，「靠夭喔！至少我們被騙還知道她叫蔡瓊燕咧！」

GET！關擎覺得心累，為了要這個名字太辛苦了！

如果鬼大姐就是蔡瓊燕，那一切就快撥雲見日了！

「五十萬，她跟我拿了五十萬，我也是看在她辛苦的份上……還有她說想依靠我，我才拿錢出來的。」德哥沉著聲開口，「結果這女人拿了錢，店面也沒簽約，就這樣跑了！」

「她說要依靠你？」昌仔跳了起來，「這婊子跟每個男人都這麼說嗎？」

方瑋茹雙腳大開著，粗俗的蹲在地上，手裡的菸沒停過，冷笑一聲，喃喃低語著，「你們還不是看她漂亮！」

「簡直騷貨！她那天是……」昌仔想說些什麼，卻尷尬得說不出口，漲紅臉像是曾發生過什麼限制級的事情。

關擎默默想著，看來現場有兩位表兄弟嗎？

「她就是個婊子沒錯！我還去她工作的地方找她，結果那邊根本沒她這個

人!」德哥握著著碩大的拳頭走來,「所以你們知道她在哪裡嗎?」

厲心棠倒抽一口氣,為什麼他好像要揍人的樣子?「不……不知道!就是不知道才來找的!」

「你們被騙了多少?」方瑋茹看熱鬧般的問,順道往地上捻熄一根菸。

「我們不是被騙,我們只是想找到她。」闕擎再度將厲心棠拉到身後,「但也有其他人被騙,也有被她男友騙,理由都是用開店。」

「兩個人一起騙錢嗎?幹!」方瑋茹不可思議的跳了起來,「這是有預謀的吧?他們到底騙了多少?」

「我只要我的五十萬!」德哥怒氣沖天,「還有我要叫蔡瓊燕那女人後悔一輩子!」

厲心棠嘆口氣,她應該已經後悔了,因為她沒有一輩子了。

「不就仗著自己長得不錯,那兩顆奶又大,才在那邊囂張!」昌仔也不爽的叼唸著,「還敢說什麼以後只靠我了……幹!什麼謊話都說得出的女人,我要割掉她舌頭!」

好奇怪,厲心棠不由得蹙眉,她以為跟傳說一樣,一個孤苦的女人被丈夫好友照顧,爾後生情結婚,最後卻被騙財騙色的故事;怎麼殺她的凶手還沒找到,

鬼大姐就已經先騙財騙色一輪了呢？

「如果是不是也要通知你們？」闕擎敷衍的問著。

「對！立刻！」德哥大聲的吼著，「我會給你賞金！」

我們又不是賞金獵人！闕心棠有些啼笑皆非。

闕擎得到了訊息就要走人，闕心棠也留下了這幾個人的聯絡方式，畢竟「找到」要跟他們說嘛。

這樣屈指一算，徐嘉年跟蔡瓊燕兩個人到底訛了多少人多少錢啊？

「看看鬼大姐的朋友是什麼類型，難怪她也差不多。」闕擎一離開那空店面就冷笑，「霸道、自以為是又粗魯。」

「結果是鬼大姐先騙人家錢耶……感覺她好像詐騙集團喔！」闕心棠頓了一下，語帶保留，「如果鬼大姐就是蔡瓊燕的話！」

闕擎突然停下腳步，打量起她來，闕心棠覺得莫名其妙，這傢伙看什麼啊？

「她不在？」他沒看見闕心棠有什麼異狀。

「……沒有吧！」闕心棠也覺得怪怪的，「我沒感受到她的情緒。」

是沒感受到，還是她不讓這女生感受了呢？

「她應該會跟著我們過來的吧？既然在廣告公司時在，為什麼現在沒接近？」

闕擎思忖著，「她是不是有意避開我們了？」

「這麼說來，今天一整天都沒有現身。」厲心棠也意識到這點，「跟昨天亦步亦趨的跟著我們不一樣。」

因為鬼大姐已經不是當初那個吊死有怨的亡靈了，她凶殘的殺了一個人，還差點置另外兩個人於死地，朝著厲鬼的道路走去……也或許她想起了更多，決定不讓他們插手。

「妳一直能感受到亡者的情緒嗎？」闕擎突然發問。

「呃，不一定，通常是要夠近，或是情緒比較強烈者就能感受到。」厲心棠有點無奈加厭惡的說，「當我看不見的亡者穿過我身體時，感受就會特別明顯。」

所以要夠近，或是夠強烈。

如果鬼大姐察覺到厲心棠的情感同步感應，所以她決定隱藏呢？闕擎突然轉向了街尾，若有所思。

「怎麼了？你這種沉默我會覺得很可怕！」厲心棠不安的問著。

「我在想，是廣告公司會先出事，還是那三好朋友會先出事。」闕擎坦白了自己所想。

「⋯⋯什麼？」厲心棠緊張旋過腳跟，「她跟我約好了不會再濫殺了，我們

回去看看──」

餘音未落，厲心棠卻逕直朝原本的路而去，與厲心棠完全反方向。

她錯愕的待在原地，看向巷尾的店面，再回頭看著遠去的厲心棠，這個人是怎

樣啦？「唉」的一聲，她決定先追上厲心棠！

「喂！你不是說那些朋友可能有危險嗎？我們去──」

「不關我的事。」厲心棠冷冷的打斷。

咦？厲心棠呆在原地，厲心棠真的是毫無感情。

「你怎麼可以這麼冷血？」

「剩下的交給警察了！先看看鬼大姐是不是蔡瓊燕吧！」他背對著她擺擺

手，代表再見。

厲心棠在原地糾結，她不知道厲心棠到底受過什麼創傷⋯⋯總之，哪有可能知

道有人會死還視若無睹的啦！

她再度朝著街尾奔去，再度來到那間店面前時，卻發現門已經鎖住了，透過

玻璃往裡望，裡頭已經空無一人。

「鬼大姐！」她失控的對著空氣喊著，「拜託妳不要亂來！不是想起誰，誰

就是凶手喔！」

她記得那幾張嘴臉。

那個女人假裝是她閨蜜，卻動不動就吃她的用她的，還鼓勵她去色誘昌仔跟德哥，是她說他們對她有興趣的！昌仔隨便，但德哥那麼有錢，互相捎點油不算什麼。

昌仔，色鬼一個，只要有機會就會吃她豆腐，嘴上說什麼要是他一定會好好疼她，但是要他投資時，拿個五萬就要他的命似的，還趁著酒意壓她上床，否則那五萬她拿不出房間。

德哥也是個渣，五十萬拿得輕易，但要她跟了他，還說孩子他願意照顧，但是她印象中，他曾搧一個男孩大力的巴掌，孩子嚇得尿褲子，又遭到他一頓毒打，一旁還有一個小小孩哭得悽厲⋯⋯所以她有兩個孩子。

是德哥殺了她嗎？還是昌仔？但也有可能他們三個合夥殺了她，因為至少她想起來了⋯⋯那個晚上，她發瘋似的在家裡找東西，歇斯底里的發現自己的錢不見了，接著她理智斷線，意識到她被騙了！

被騙了！

熱炒店裡，小矮桌邊上散落的啤酒瓶，方瑋茹放下杯子，一身怒氣與酒氣。

「我說那女人真厲害，到底騙了多少人？」

「我們三個都是白痴！」昌仔狠狠的捏著杯子，「最好是不要讓我找到——」

「找到了你也最好不要太亂來！」德哥目露凶光，狠狠的說，「她欠我的可多了，我要讓她賣回本。」

「喂，說的她是你的一樣！」昌仔冷哼一聲，「反正我要她吐出那五萬，而且沒那麼容易放過她啦！」

「她整個就是爛，嘴裡沒一句真話，只會抱怨上天對她不公平，遇到爛男人，也不先想想自己什麼德性！」方瑋茹打了個嗝，踉蹌的起身，「我要去廁所！」

他們在Ｂ１的角落，雖過十一點，熱炒店裡依舊人聲鼎沸，方瑋茹喝得太多，不穩的走向洗手間，在門口時還差點滑倒，是走出來的女人扶住了她。

「小心點啊！」女人憂心的看著她，也喝太多了吧！

「謝謝！我……沒事！」方瑋茹用一副我絕對有事的臉說著沒事。

熱炒店的廁所簡陋，旁邊就是廚房，一牆之隔都能聽見忙碌的鍋鏟聲，她感

到強烈頭暈的進入廁間，這簡單的一方水泥昏暗的燈光，瀰漫著難聞的氣味，直讓她想吐。

原本就喝得過量，方瑋茹吐了個稀里嘩啦，也跟著清醒了許多，扶著水泥牆起身，因為天旋地轉所以得斜靠著牆，還是有點想吐，她克制下來，打算出去跟店家討點水喝比較實際。

轉身離開廁間，卻沒留意到馬桶裡的水晃盪不已，水位漸漸上升，發出噗嚕噗嚕的聲響。

方瑋茹隱約聽見了，但沒想太多的到洗手台邊打開水龍頭，捧水漱口時，後頸突然有什麼東西滑過。

「咦！」她嚇得回頭，手朝後背摸去，「什麼東西啊……」

不停的搓著後頸，感覺像是……繩子還是什麼掠過似的……廁所內的光線不停晃動，她盯著地上的光影，上方像是有什麼東西在搖晃遮光，一會兒明、一會兒暗。

她終於緩緩的抬起頭——原來有隻飛蛾在燈旁振翅，才會造成這種光影。

「搞什麼！」她失聲而笑，簡直是自己嚇自己！

頭腦因為這恐懼清醒很多，她趕緊離開廁所，在經過自己剛剛那廁間時，戞

然止步。

這裡的門是外拉的，而且隨便鬆手都會關回去，但現在門卻微向外拉，露出一小縫，而且裡頭還有人。

眼尾僅是匆匆一瞥，她在意的是，從她出來到現在，根本沒有人進去廁間。

她不敢向左看，只是瞪著眼前近在咫尺的門，對……她什麼都沒看見，自然的走出去就好了！

「妳，看見我了。」咿，廁間門被猛地推開了。

方瑋茹下意識候地往廁間看去，有雙腳懸在地面以上十公分，一條繩子低垂在地，她直覺的向上看，卻看見了那吊在上頭、有張腐爛猙獰臉龐的女人——

「呀啊——」

方瑋茹才想衝出去，無奈地上繩子如有生命般捲起，二話不說纏住了方瑋茹的頭子，直接把她扯了進去——磅！廁間門關起，喀嚓的甚至還上了鎖！

鬼大姐扯著方瑋茹的頭髮，直接往馬桶裡塞去。

「你們把我的錢拿去哪裡了！是不是妳殺了我！」鬼大姐拼命的將她往馬桶裡頭塞，方瑋茹口鼻嗆著水，無法呼吸的掙扎。

「妳吃我的用我的，還叫我去設計人，現在居然敢在背後罵我死不足惜！」

鬼大姐驀地扯起她的頭髮，凶惡的逼近，「誰，殺了我？」

方瑋茹驚恐的看著眼前面容扭曲的女人，她該知道這是誰的……問題是她在說什麼鬼話？而且……她哭著視線下移，看見了一個繩子勒到幾乎見骨的頸子、

加上那模樣……她撞鬼了？

那婊子……死了？

「我不知道妳死了……」方瑋茹抖著聲說，「我真的不知道，我會幫妳超渡的，但我不知道誰殺了妳，冤有頭債有主，我……」

這一次，她沒有手軟。

「婊子！」鬼大姐再次瞪大了腥紅雙眸，再度把方瑋茹的頭壓進了馬桶裡。

她使勁的把她整顆頭往那狹窄的水孔裡塞，要將她的頭顱，塑型成剛好能塞住那排水孔一般大小！她抓起方瑋茹的頭，她不再聽任何解釋了，這些都是狐群狗黨，沒有一個真心的朋友，她這輩子就是一個傻子！

一個被欺騙被欺負的傻子，不管朋友或是男人，每一個都能這樣欺侮她！

啊啊啊——方瑋茹的尖叫聲隱沒在水裡，馬桶的水成了血紅，骨頭碎裂聲清脆得令鬼大姐泛起微笑，她抓起破裂的頭顱再使勁往裡敲，她不在乎飛濺出來的是什麼，她只要讓這女人也知道……什麼叫死有餘辜。

方瑋茹不再動了，她趴在馬桶裡，頭顱好好的塞住了水孔。

鬼大姐滿意的看著眼下一切，她的雙目已全轉爲腥紅，這血腥味更加令她興

奮，她好喜歡這種感覺。

擁有力量的感覺眞的太好了！

「不要以爲，你們能永遠欺負人。」鬼大姐冷冷的轉向，隔著再多堵牆，她

也知道——還有兩個。

那些曾經欺凌她的人，都該死！

「小姐？」門口突然傳來聲音，是剛剛那個攙扶方瑋茹的女人，「小姐？妳

還好嗎？」

那小姐也進去太久了吧？好心的婦人留意到她都沒出來，所以特地到這裡問

問。

昌仔也留意到了，他坐在桌邊大聲嚷嚷，「怎麼樣啊？」

「啊，剛剛進去那個黃衣服的小姐，一直沒出來，她喝太多了，是不是醉倒

在裡面了？」婦人回頭說著，德哥也低語的說方瑋茹去太久了。

「我來看吧！」樓下的服務阿姨面露無奈，這在店裡是司空見慣的事了，

「哪位是她朋友？」

昌仔即刻起身，要是方瑋茹倒了，當然他得幫忙扛。

服務阿姨走了進去，一邊喊著，昌仔也在門口大聲喝，「方瑋茹！睡死了

喔！」

「小……」才敲第一間門，便發現門沒鎖，服務阿姨緩緩打開，立刻看到跪

在地上的那雙腳，「噢！小姐！」

她趕緊關上門，這模樣一定又是個吐到睡著的人！這她可拖不動。

確定了其他間沒人，她便走向昌仔，「先生，你朋友吐到不省人事了，麻煩

你了！」

昌仔走了進來，看他歪歪斜斜的模樣，女人覺得他也不一定拖得動，只是幸

好德哥也跟著探頭察看，這傢伙看起來有力多了。

「我說妳酒量也退太多了吧——」門猛一拉開，昌仔當場愣在原地。

水泥牆是會吸水，但吸不了顏色，滿牆噴滿了血液與腦部組織，以及那個只

剩頸子以下在馬桶外頭的身體……

方瑋茹的頭，整顆都塞了進去啊！

「哇啊——」

車子在漆黑中高速行駛，昌仔與德哥誰都沒有留在現場，在服務阿姨的尖叫聲中奪路而逃！

「幹——」昌仔在副駕駛座上大聲吼著，「幹——」

「靠夭！你不要一直叫啊！」德哥也中氣十足的回吼，「到底是怎麼回事？」

「她整顆頭都被壓扁塞進去了！你有沒有看到牆上那個字？」昌仔一昧的喊著。

牆上，竟用血寫著「誰是婊子」。

他們瞬間酒醒，恐懼之餘，滿腦子都在想著⋯⋯到底是誰？

「又沒人進去，就算有，方瑋茹是不會喊救命嗎？」德哥怎麼想都覺得不可思議，「還有⋯⋯正常人頭怎麼可以塞進那排水孔裡？」

「還用你說嗎？」就是因為太離奇，所以他才會想到⋯⋯「那個字跡，你見過那個字的吧？」

那不是一般人的字跡，不是鬼畫符的問題，是因為他們都認識有一個人，簽名時喜歡在末尾畫隻燕子。

「誰是婊子」的下方，就有一個簡單筆畫的燕子。

婊子一詞，也應和了他們今天在罵的那個女人……問題是，誰見到她來了？

他們只顧著逃，事實也不知道為什麼要跑，或許因為方瑋茹死得太蹊蹺，或

許因為他們都心虛。

「你說，那女人失蹤這麼久是為什麼？」昌仔冷靜下來後，終於出聲，「我

們去她家也沒人在，手機又全部失聯。」

「跑路啊，不然還能是怎樣？」德哥認真的看著前方。

他們開離了市區，朝山上而去，德哥在山上有間屋子，是他的避難所之一，

簡單的鐵皮屋工寮，有時拿來做些見不得光的交易。

車上瀰漫著詭異的寧靜，兩個男人突然都不說話，不停的用眼尾瞄著對方。

因為方瑋茹的死狀，讓他們毛骨悚然，那怎麼看都不像是「正常」情況。

「你殺了那賤貨嗎？」昌仔率先開口。

德哥擰眉，「黑白講什麼？」

「她死了對吧？」昌仔深吸了一口氣，「前幾天的新聞你有沒有看？說有個

上吊自殺的女人在海邊被找到啦，我看到那件衣服……不就是你之前送她的！」

德哥握著方向盤的手一緊，原來不只他注意到這件事了。

上週新聞報出無名女屍案，在海邊的林投樹下被發現一具上吊的女屍，死亡時間超過半年，身上沒有手機沒有證件，唯一有的只有衣物，那件衣服出現時，他也嚇了一跳。

「那種衣服滿街是，又不一定是那件。」德哥嘴上這麼說，但卻嚥了口口水。

「半年，那跟那女人失蹤的時間差不多……」昌仔又偷瞄了德哥一眼，「警方推算年紀什麼的也差……不多。」

「我是白痴嗎？我殺她幹嘛？錢不一定拿得回來還得背殺人罪！」德哥低叱，「警方都說是上吊自殺了，你想到哪裡去！」

「如果她……真的死了……」昌仔越說越小聲，那方瑋茹的死變得更加可怖了。

畢竟，那一點都不像是人為的。

「她自殺個屁！她騙了這麼多人，有什麼臉自殺！應該是拿錢去過好日子，吃香喝辣的吧！」德哥突然冒出股無名火，「那個女人，從一開始就是——」

一個轉彎，車前大燈照亮前方，驀地就站著「那個女人」。

軋——

「哇啊——」德哥根本煞車不及，車子生生撞上了路中央的女人，卻絲毫沒

有任何碰撞感，真的是這麼穿了過去。

來不及看後頭有沒有車，德哥的車子就這麼停了下來。

兩個人全身發冷的呆坐在位子上，德哥雙手打直，握著方向盤的力道緊到指節泛了白，昌仔這時就會非常讚同要繫安全帶的法規，他幾乎都要撞上前頭又被安全帶拉了回來。

「剛剛……」昌仔緩緩的打算開口。

叭──對向的來車用力鳴著喇叭，指著他們後方，示意他們不要停在路中央，就算現在已是凌晨時分，不代表路上就不會有車！

德哥已經傻了，他僵硬的看向窗外，一時無法行動。

「先開車吧！」昌仔催促著，「後面有車就麻煩了！」

德哥頓了兩秒，終於回過神的踩下油門，趕緊讓車子繼續往前行駛，這一路上，兩個人均被冷汗濕了衣，誰都不敢靠在椅背上；前方要經過一座橋，過了之後會有個避險彎能讓他們暫停。

「她頸子上有條繩子。」昌仔終於還是出聲了，「她就是那個人！」

「我不知道！我沒動她一根汗毛！」德哥終於忍無可忍的咆哮出聲，「她是可以拿來賣的，把她殺了一點好處都沒有！」

「誰知道你是不是失手？那女人拐了你五十萬，還說要嫁給你，你一時氣不

過就失手了啊！」昌仔也大聲起來，「你有沒有紀錄我們兄弟都知知的啦，好幾

個都被你打得鼻青臉腫，我幫你出面擺平了幾次？」

「她是吊死的！你有沒有搞錯啊，那個海邊誰會去！」德哥也怒了，「你夠

了沒！口口聲聲說是我，那為什麼不是你殺了她？你上次對她是來硬的，說不定

她想去告你咧！」

「我來硬的……她後來也沒拒絕啊！她是半推半就！」昌仔氣急敗壞，「我

這麼俗辣是不可能殺人的，難不成我還殺了她，再拖到那邊去吊嗎？」

「我怎樣知道你什麼為人！更何況她拿了你五萬！」德哥越吼越大聲。

昌仔沒有再跟他互嗆，他不覺得這種嗆聲有什麼用處，事情還是沒有解

決——剛剛在路中央那個，分明就是蔡瓊燕吧！

「不管怎樣……她就是已經……」昌仔心跳得很快，「方瑋茹是不是也是她

幹掉的？」

「呸呸呸！」德哥氣急敗壞唸著，「沒有那種事，我們跟她有什麼深仇大

恨？她能殺了方瑋茹？」

「為什麼不能？」

森幽的聲音，突然從他們後方傳來。

兩個男人瞬間僵直了背脊，誰也不敢回頭，德哥只敢從後照鏡戰戰兢兢的往後瞄，紅色的眸子在鏡子裡瞪著他們，鬼大姐雙手啪的攀住兩個前座椅背，自己自中間上前，來到兩個男人中間。

「是誰殺了我？」

「哇啊啊——」

叭——伴隨著長音的喇叭聲，車子在馬路上激烈的歪斜扭動，一下子開到對向車道，一下子又繞回了自己車道。

「不是我！眞的不是我！」昌仔嚇得抱頭，「我們不知道妳出事了！」

「你們佔了我多少便宜，還拿走我的錢——」蔡瓊燕歇斯底里的怒吼，整個人塞到了他們之間，好讓他們瞧瞧她的模樣，「是你們把我害成這樣的！」

那腐爛的身子，嵌進頸子裡的繩子，鮮紅的雙眸與凶狠的眼神，都只是讓兩個平時逞凶鬥狠的男人嚇得魂飛魄散！

「走！」德哥突然猛踩煞車，鬆開了安全帶。

昌仔完全領會，他跟著鬆開安全帶，下一秒打開了車門——車子在失控的狀態下，直接右衝下了石橋，磅！

遠方對向的來車嚇了一跳，趕緊減速慢行，誰都聽見了那可怕的聲響。

「啊啊……有車子掉下去了！」車子移近，看見了被撞斷的護欄，車內的人驚慌失措，「報警報警！」

他們趕緊再往前開，準備提醒同方向的車子小心，或許該立個三角錐，設定事故現場，好讓警方調查煞車痕跡。

好心車主開始報警加佈署，他們戰戰兢兢朝下方看，看見一團起火的車子在河床下，面目全非。

但是他們看不見，那繫在橋墩下的三條繩子。

右邊是昌仔，左邊是德哥，他們頸子上都繫著繩圈，來自與中間的鬼大姐同一條繩子。

「忍一輩子？」

張大著嘴喊不出來，雙手拼命的想拉開卡在頸子裡的繩子，卻是徒勞無功。

「是不是開始後悔騙了我？」蔡瓊燕吊在中間，晃動著身體，「以為我會隱忍一輩子？」

「抓到了我，還想對我怎麼樣呢？」蔡瓊燕冷冷一笑，忽然轉頭抱住了德哥，整個人巴在他身前。

「沒……不是我……」昌仔吃力的吐出最後幾個字。

德哥喊不出聲，他痛苦的掙扎，看著眼前這個駭人的女人，根本不是他們平常認識的蔡瓊燕！才不是——剎！

女人抱著德哥的「身體」往下落，繩圈裡的頭在兩秒後，也終於跟著滾下……一旁的昌仔眼睜睜看著這一幕，眼神漸黑……然後，他也突然感受到有人抱住了他的身體。

剎！

第九章
林投女屍

新聞沸沸揚揚，有空拍也有監視器畫面，一再的重播到觀看者煩膩，也都不會停止，一台房車衝出石橋的畫面多麼有看點，墜毀於橋下的房車還起火燒毀。

『目前發現兩具遺體，已確認是從熱炒店離開的兩位男子，分別是林姓與王姓男子，他們是熱炒店女屍的朋友。』記者播報畫面的一側，同時跑出了三張照片，『首先是在熱炒店死亡的死者，已被證實是方姓女子，當天她與兩位朋友一起到熱炒店喝酒，席間其他客人都聽見他們在咒罵他人，聲音放肆且不顧他人，出事前還與鄰桌有過口角，爾後方姓女子去洗手間後，便慘死在洗手間內。』

畫面切到記者在訪問熱炒店的阿姨，阿姨嚇得不輕，『我從門縫看，發現她跪在地上，我以為她吐著了，所以請她朋友扛她出來，結果那兩個人突然大叫一聲就衝出去，我什麼都不知道，我就過去看⋯⋯』

接著女服務生說不下去，同事連忙安撫她，並且撥開鏡頭，示意他們不要再問了。

『是的，方姓女子死狀甚慘，據說整個頭壓扁爆裂被塞進馬桶裡，現場血跡斑斑，警方也正在蒐證，不明白是怎麼樣的仇恨能將人殘殺至此！而更重要的是，在那過程中，沒人看見有其他人進入女子洗手間裡。』

男人兩眼發直的盯著電視，在他耳邊傳來的是與新聞反差甚大的嬉笑聲，徐

嘉年越過電視往廚房看去，王思鳳正跟兩個孩子玩得正開心，她讓孩子一起玩麵團做餅乾，等等要烤了大家一起吃。

『方姓女子的朋友便是另外這起離奇車禍的車主，警方目前尚在打撈中，吊起的車內沒有發現兩名男子，但目前已在附近發現一具無頭男屍，經體型證實是林姓男子，其他殘骸仍在打撈中。』

『這究竟有什麼關聯？為什麼看到朋友死狀不是報警而是逃逸？一切都只能靜待警方調查。』

「嘉年！」王思鳳走了過來，徐嘉年一秒關上電視，「你要不要也來玩？」

徐嘉年望著她，一時緩不過氣，「……好。」

「怎麼了嗎？你臉色好蒼白！」滿手是麵粉的王思鳳狐疑的看向電視，「出什麼事了？」

「沒什麼……不太熟的人出車禍了。」徐嘉年連忙站起，輕柔撫著她的肩往廚房裡推去，「等等餅乾烤好後，我們出去走走，順便領個錢好嗎？」

「樓下就有便利商店了啊！」王思鳳笑著，何必這麼鄭重其事。

「……提款卡丟了，只能自己去領。」徐嘉年深吸了一口氣，「我想請妳幫我領。」

王思鳳即刻回頭看向他，眼裡帶著懷疑，但是⋯⋯她不知道徐嘉年這種人能做出什麼壞事。

「你在躲什麼？」

「躲債主。」徐嘉年倒也沒有掩飾，「在保證兩個孩子的安全前，我不能曝光，這就是我們之前連旅館都沒住的原因⋯⋯拜託妳了！」

王思鳳沒有立即答應，趕忙到桌邊制止兩個小傢伙把麵粉弄得滿地都是，看著洗好手的徐嘉年加入壓模的行列，最終還是點了點頭。

「雖然我昨天說過，你想說時你會告訴我，但我今天就想知道出了什麼事。」

王思鳳平靜的說著，「這樣我才能知道怎麼幫你。」

徐嘉年與之相互凝視，然後朝著孩子使了個眼色，王思鳳瞭然於胸，不是能讓孩子知道的事，只能晚點再說。

「來，我們擺好後，就要把餅乾拿進去烤了喔！」

「耶！」哥哥開心的雙手高舉，徐嘉年跟著壓了幾個可愛圖案的餅乾，幫著一起擺進烤盤中。

餅乾送進烤箱後，徐嘉年就幫兩個小傢伙洗手洗臉，王思鳳趁機收拾廚房殘局。

「叔叔，媽媽會來嗎？」哥哥在被擦臉時突然問了，「我也想讓她吃餅乾。」

擦著臉的徐嘉年略頓了手，但立即劃上微笑，「哥哥很想媽媽嗎？」

「嗯……一點點。」哥哥點點頭，「我剛壓了很多花的餅乾，媽媽會喜歡喔！」

「媽媽喜歡！」弟弟永遠跟著哥哥說。

徐嘉年只是繼續為孩子擦臉，再讓他們洗手。

「你們覺得阿姨好還是媽媽好？」徐嘉年突然問了。

哥哥感受著水從手下流過，搓了搓手，「阿姨好……」

在門外偷聽的王思鳳，悄悄揚起了一抹笑。

「但是我還是想媽媽。」哥哥抬起頭，靠著徐嘉年的肚子，「叔叔，媽媽是不是不要我們了？」

徐嘉年愣了一下，旋即贊同般的點了點頭，「對，媽媽不要你們了。」

「欸……」弟弟不明所以的看著徐嘉年，接著哭了起來，「哇啊……我要媽媽！我要媽媽——」

王思鳳已經悄悄的走回了廚房，所以真的是吵架嗎？那個女人帶走了與徐嘉年的孩子，而徐嘉年帶走了她與前夫生的小孩，才躲到她這兒來。

只是剛剛那席話真不像是徐嘉年會說的，那麼溫暖的人，她以爲他會騙孩子說，媽媽沒有不要你，只是有事情趕不過來而已……他怎麼會說這麼殘酷的話呢？

雖然對她一樣溫柔，但她還是覺得……有點不像她認識的徐嘉年了。

收拾好廚房後，餅乾適巧出爐，雖然孩子吵著要吃，但王思鳳耐心的告訴他們，餅乾得放涼了才好吃，所以他們出門辦事後，回來就剛好有好吃的餅乾吃了。

徐嘉年雖說在躲債，但是出門倒不遮掩，或許是因爲蓄了鬍子吧？路上聊著等等去買些菜，或許由他來做飯也行，兩個人一起擬著菜單，王思鳳有種新婚夫妻的幸福感。

「麻煩妳了。」徐嘉年將一個信封遞給她時，她摸到了裡面的印章與存摺。

「好，你放心。」王思鳳帶著東西進了儲匯部，才打開信封瞧，一枚印章跟本子，還有徐嘉年寫的字條，上面有交代事項跟密碼。

『提領六萬元。』哇，六萬……王思鳳有些詫異，只是買些東西需要這麼多嗎？不過想想徐嘉年說在躲債，可能需要現金防身吧。

翻過本子要抄寫帳號時，她略愣住了。

這不是徐嘉年的本子，存摺上寫的，是蔡瓊燕。

厲心棠呆坐在床上，她把所有新聞都刷過一遍了，腦袋一片空白。

死了死了死了！那三個人全部都死了！她立即撥給闕擎，結果今天直接進入語音信箱，那傢伙沒開機啊！這是什麼年代，為什麼有人這麼不愛用手機！

「為什麼不接電話啊！」她急得跳起來，火速梳洗後，衝出了房門。

那絕對是鬼大姐做的！她可能又想起了什麼，按照昨天那三個「朋友」的說法，他們鐵定有紛爭，鬼大姐一定又是想到片面就當全部了！

「我要出門了！」她砰砰砰的腳步聲由上而下，一邊伴隨著大喊。

她要先找鬼大姐？還是先去找警察？她的匿名信已經到警局了吧？他們應該可以查看那鬼大姐是不是蔡瓊燕了？

才離開二樓，厲心棠戛然止步，狐疑的又倒退上樓。

二樓入口一個身影正倚在門邊，又是熟悉的黑色裝束，加上那個彷彿黏在耳朵上的耳機。

「這麼早啊。」他敷衍的揚起一隻手掌說 HI，接著轉身走進了二樓裡。

「咦？你為什麼在這裡？」她不敢相信的跟著跑進去。

「因為妳睡太晚了。」闕擎倒是沒客氣，他坐上一張高腳椅，上頭擺放著吃到一半的早餐，表示他很早就來了，「而且妳不能每次都不吃早餐，要是暈倒在半路是找我麻煩。」

「我不會暈倒！」厲心棠眼尾瞄著在角落裡、悶不吭聲的叔叔跟雅姐，他們那兩雙眼睛都快把她射穿了，「我沒暈倒過啊！」

後面這句對著雅姐他們解釋著。

「以後沒吃早餐不許出門。」叔叔直接下了令。

「我——」

「明白。」一旁的拉彌亞即刻領令，完全沒有想理厲心棠在喊些什麼。

厲心棠完全不掙扎，她就區區一枚人類，要掙扎什麼？沒好氣的拖過高腳椅也挨著闕擎坐上同一張桌子，盯著他的早餐。

「你寧可吃便利商店的早餐，也不吃我們家的？」厲心棠覺得好難想像，朝上一喊，「我今天要吃班奈迪克蛋跟一杯拿鐵！」

「當、然！我沒有惡意，但因為你們對我來說是陌生人。」闕擎實話實說。

「我是嗎？」厲心棠有點不滿的指指自己。

「早餐又不是妳做的！」問這什麼廢話！

噢，厲心棠用手抹抹空氣，像是想把這話題抹掉似的，「你看新聞了沒？昨天那三個人全死了！」

「不然我跑到妳這裡做什麼？」闕擎說得無奈，「妳昨晚有感受到鬼大姐嗎？」

「沒，她不可能進來這裡的……」厲心棠說，邊不安的看向拉彌亞，「是吧？」

「再加上三條人命，那已經是失控的惡鬼了。」拉彌亞直白得很，「我們甚至不確定她還記不記得簽約的事，我怎麼可能放這種東西進來！」

「她不記得是她的事，但棠棠該做的還是要做到底。」叔叔提醒著，「可是棠棠不要太接近惡鬼比較妥當。」

「若非必要，我覺得她也不會再現身了。」闕擎提出自己的看法，「基本上就我見過的厲鬼而言，她是那種殺紅了眼、享受虐殺權力的類型，只要想到任何對她不好的人，就可能是凶手，唯有殺戮。」

「所以昨天那三個人……會是凶手嗎？」厲心棠蹙了眉，「我覺得不像啊！他們都因為被騙錢而義憤填膺……」

「所以我來找妳，我們去命案現場看一下。」闕擎一口氣喝掉手裡的豆漿，

「這些轄區都有認識的警察嗎？」

雅姐笑了出聲，「我們會聯繫。」

果然有，線人眞多。

天花板再度降下一托盤食物，浮在了屬心棠面前，她禮貌的道謝後將托盤擱到桌面，又開始狼吞虎嚥；闕擎也不再說話，他腦子裡有個關係圖，看來徐嘉年的同事已經躲過一劫，是因爲他們與鬼大姐沒有直接關係吧？

「妳的信寄出去了沒？」闕擎指節在桌上敲呀敲的，「再不快點，今天又不知道要多幾具屍體了。」

「我寄了！」屬心棠其實也很擔心，「但我怕因爲這些案子，大家不會注意到我的信。」

「嗯……」闕擎沉吟著，他倒是有辦法。

囫圇吞棗的吃完早餐，他們匆匆離開「百鬼夜行」，闕擎基本禮貌還是會顧，朝叔叔跟雅姐他們道謝，便從容的跟屬心棠出了門。

「那男孩很冷漠啊！」拉彌亞站在窗邊，「對什麼都沒感情。」

「不是普通的孩子嘛！」叔叔微微一笑，「拉彌亞，妳幾天沒睡了？要休息

的話儘管跟我說。」

「還行，我不放心棠棠。」拉彌亞蛇般的眸子盯著遠去的背影，他們今天沒有騎車，「我想叫幾個人去查查那個吊死鬼的現況。」

雅姐正在追劇，叔叔則專注的看著手中竹簡，沒有回應就是可以，拉彌亞不再說話的走了出去。

而離開「百鬼夜行」的兩個人，第一站抵達熱炒店，這兒現在還是命案現場，聽說方瑋茹的頭骨整個被壓碎，活活塞進馬桶裡，完美堵住那個出水孔，腦漿噴得到處都是，卻無一人聽到聲響。

「妳找一下這邊有沒有路過的阿飄，問問昨晚的事。」闕擎交代著厲心棠，「我等等就回來。」

「我？找？我怎麼找啊？」厲心棠可呆了，她不是看得見的那個吧！

難道要她隨便走來走去，看能不能撞到那個——咦？她全身發顫，就在剛，有什麼穿過了她。

恐懼……吃驚……厲心棠趕緊朝前方伸長手，試圖維持接觸，深怕跟丟了那個她看不見的——她看見被拖進去的她，鬼大姐就在裡面，揪著她的頭髮，抓狂猛往馬桶裡敲，死塞活塞，直到她頭顱擠扁為止！

『吃我的用我的，還叫我去設計人，現在居然敢在背後罵我死不足惜！到底是誰，殺了我？』

角度是從上方往下看的，事發時，這個亡者是原本就卡在這地方的鬼嗎？連這個鬼都嚇到半死，因為鬼大姐戾氣太重了——突然間，鬼大姐仰首看向了她！

她們四目對望，連厲心棠都知道……她已經沒什麼理智了！

手臂一陣疼，闕擎抓著她的上臂往旁拖，這女人剛剛與一隻阿飄重疊著身影，整個人都僵住了。

「我讓妳感應，妳怎麼……抖得這麼厲害？」只是握她的手臂，都能感受得到顫抖，「看到什麼了嗎？」

「好可怕……是當地的亡靈在害怕，所以我才感受得到她的情緒，她被鬼大姐看到了，很怕被傷害。」厲心棠強忍著不適，把剛剛所見說了一次，「結果，變成方瑋茹騙財了嗎？」

「鬼大姐的腦迴路有問題，從理容院找到現在，她就是個認定什麼就是什麼的傢伙啊！」闕擎深深覺得這樣才可怕，「就因為張于萱跟她不好，背後說她壞話，她就認定是張于萱殺了她，而且從頭到尾鬼大姐都沒有提過她跟人家借錢的事！」

「……對，她一直在借錢……可以說是詐騙了吧！但為什麼她的亡魂卻覺得她是被騙財騙色？」厲心棠也想過這個了，「而且別忘了徐嘉年也是在詐騙，有沒有可能他們聯手，或是鬼大姐為了徐嘉年這麼做，結果卻被——」

「隨便，這我不在乎，重點她是不是徐嘉年殺的？」闕擎只惦記著最後問題，「她認為方瑋茹殺了她，卻沒提到徐嘉年的名字嗎？」

厲心棠搖了搖頭，「一個字都沒有，她說她此生被欺負得太慘，所以不會輕易放過他們。」

他們，指的當然也包括德哥跟昌仔了。

「走吧，我們去山裡那個命案現場，德哥頭身分家，絕對是鬼大姐的傑作。」闕擎又看向她，沒智慧型手機的他，當然是由她叫車。

「又要去那邊找當地的亡者嗎？」厲心棠邊說又打了個寒顫，她真討厭那種感覺。

「總是得知道昨晚他死前的事，或是——」闕擎忽地背脊發涼，挺直了腰，僵硬的看著在滑手機的厲心棠，「厲心棠。」

「嗯？」她根本沒在理他，「我們現在在哪裡啊，還是我開定位……」

「厲心棠。」這幾個字說得很重。

「幹——」她不耐煩的抬起頭，看見的卻是闞擎頸前，那條彎著的繩子……

她戰戰兢兢的往上看。

那個鬼大姐，就吊在他們的正上方！

「噫！」厲心棠被嚇得不輕，她下意識雙手掩嘴的跟蹌，整張臉瞬間刷白。

那是……鬼大姐？她已經完全認不得了，那張臉看起來比店裡刻意裝扮的惡鬼還要凶惡了。

「有話好好說吧？」闞擎冷靜自制，繩子為什麼是勾在他頸子上？業主是厲心棠吧？

「我自己，把欺負我的人解決了，嘻……呵呵……」鬼大姐笑了起來，「你們該看看他們死前的樣子，怕我了……終於怕我了！」

「大姐，可以找個地方說話嗎？」闞擎一心只想把頸子上的繩子挪走。

鬼大姐果然離開，闞擎稍稍舒口氣，看著眼前說不出話的厲心棠。

「她……不是……」

「她是，她殺了四個人了。」闞擎拍拍她的肩，「我說了，百鬼夜行裡都是妳朋友，而且沒有厲鬼，恭喜妳見到第一個喔！」

闞擎轉身搜尋，看見了在附近防火巷前的飄忽繩子，與一般人以為的不同，

日正當中其實是陰氣強大時，他們能看得更清楚，鬼大姐也很會挑時間。

他們移動到窄小的防火巷裡，現在所有人目光都在熱炒店外，的確沒有人會留意到他們。

「所以方瑋茹他們欺負妳……但他們說投資妳的店，結果店卻沒有開？」闕擎站在前方，刻意與鬼大姐拉開距離。

「因為我死了啊……對，我被殺了，我怎麼開店！」鬼大姐冷冷的笑著，「一群噁心的人，甚至還強暴我，我回想起來就想吐！」

「強暴……是那兩個男的嗎？」厲心棠緊張的抽口氣。

「是啊，我覺得他們很噁心，但是……」鬼大姐已經沒有一開始的悲傷，她已經被仇恨填滿。

她想起了與方瑋茹他們在一起的時光，全都是忿忿不平的片段。

方瑋茹喜歡用她的東西，名牌口紅、香水，甚至穿她的衣服、揹她的包，而且總是要一直討要才會還她；方瑋茹還喜歡對別人說她很好把，或是刻意把她介紹給一些奇怪的男人，都說大家可以做朋友，一起玩。

然後是大家喝得茫了，昌仔趁機亂摸她，她總是推開，但下一秒又被抱住……接著是他拿出五萬元說要投資她的店那晚，在小小的房間內她被壓上了

床。

「跟德哥就在那間店面的裡頭，只有我們兩個人……我就是覺得噁心，而且方瑋茹全部都知道！」鬼大姐咬牙切齒，「她還笑我被昌仔上只拿五萬元很蠢，難道不是他們設計的嗎？」

「是這樣嗎？那錢呢？」厲心棠完全不敢否定她，現在的鬼大姐像是動輒就會殺人的傢伙。

「錢……錢？」鬼大姐略顯疑惑，又想起自己在屋子裡翻找的景象，「是他們拿走了對吧？我找不到我的存摺跟提款卡，那些錢都被他們拿走了！」

「昨晚有問出來嗎……是說，妳現在應該也用不到了啦！」厲心棠平和的敘述，「至少有問到是誰殺了妳嗎？」

鬼大姐沒說話了。

她覺得是昌仔或德哥，但昨天解決完他們後，卻越發覺得不是他們兩個。要問徐嘉年嗎？厲心棠非常遲疑，她現在覺得只要講出一個名字就像要置對方於死地一般，鬼大姐只要想起過節……或者說她似乎只會想起過節，就會覺得對方欺負她，該殺。

「還想起了什麼？」厲擎引導式的詢問。

「找到誰殺了我是你們的責任不是嗎！」鬼大姐驀地轉過來，凶狠的瞪著他們。

……厲心棠有種不祥的預感，如果他們沒找到，是不是也要成為欺負她的一份子？

「是，但妳連自己都沒想起來，我們更要花費一番工夫。」闕擎不慍不火，他一點兒都不想惹怒對方，「我們也需要妳的幫忙，妳想起什麼都請告訴我們……」

「我什麼都想不起來！我只知道我的錢不見了，我怎麼找都找不到，有人把我的錢拿走了！那個男人！」鬼大姐瘋狂的吼著，「然後他打我，我被推倒、被掐死──我被殺了！」

尖吼聲最後形成一種高分貝的難懂語言，但尖銳聲音依舊穿透著大家的耳膜，痛得令人想掩耳卻不敢。

因為，鬼大姐是在闕擎面前怒吼的，她的嘴已經大到幾乎可以一口吞下闕擎的頭顱了。

誰都感受到那強烈的怒氣與殺意，甚至是對他們。

闕擎不動聲色，他甚至刻意避開與鬼大姐對視，一直以來都是如此，不要讓

鬼注意到他瞧得見他們，現在則是不要讓鬼大姐覺得被挑釁。

闕擎連「蔡瓊燕」這個名字都不說，因為不確定鬼大姐是否正是本人的前提下，就怕萬一說了，她又……覺得對方是害死她的人就糟了。

「知道了，就快了。」闕擎看著地板，語帶恭敬的說。

「我不會再任人欺負，害我的人，傷害我的人，殺我的人，我全部都要他們付出代價！」鬼大姐喃喃唸著，幽幽旋身。

「……鬼大姐，」厲心棠忍不住問了，「妳有想起妳的孩子嗎？」

事發至今，殺了這麼多人，但她後來都沒再聽見鬼大姐問一句她的孩子呢？

鬼大姐似有頓住一秒，但卻沒有任何回答，身影漸淡的消失在正午的陽光中。

「我現在連個名字都不敢說了。」厲心棠嚇得都快走不動了，「她的情緒除了殺之外，我什麼都感受不到。」

「都那個樣子了，正常。」闕擎轉身走出巷子，「我會為凶手默哀三秒鐘。」

等鬼大姐找到真正殺掉她的人，那個人下場應該會很慘，反正殺一個也是殺，十個也是殺，一旦開了殺戒就是這樣。

「不過，她為什麼自始至終都沒有想到那個人呢？」厲心棠不解的是這點，「難道因為太痛苦，所以忘了？可是她明明這麼的恨！」

「也或許是潛意識裡不想面對現實，也說不定其實是真的愛那個人。」闕擎抱持不同看法，「不過，連孩子都沒問了，其他也不意外，她就是個只在意自己的人。」

是啊，如果林投樹下的女屍是鬼大姐的話……那她是否還記得，在她吊死的腳下，還有一個未滿週歲的嬰孩屍體啊？

🔮

小矮個兒警察筆直的走進上階梯，值班員警出面打招呼，「嘿！您好。」

但那警察完全沒有回應，兩眼發直的逕朝裡面走去。

「請站住！」員警們提高警覺，二話不說攔下了他，「請問您是來做什麼的？」

「信。」矮個兒警察持續想往前走，「一定得看那封信！」

「什麼？喂，請後退喔！」警察不客氣的抵住他，但他卻堅持要往前走，

「你再往前，我要依令逮捕了喔！」

「有一封信一定要立刻打開來看！」矮個兒警察大吼著，「那封信很重──」

出來支援的警察立即進行壓制，對這不同轄區的同仁感到莫名其妙，為什麼

直接就想走進裡頭卻什麼都不交代？他被壓制在地上時，又開始重複說著剛剛一模一樣的話語。

「信，一定得看那封信！」

「到底什麼東西？」其他警察丈二金剛摸不著頭腦，「你是誰？哪一區的？」

「有一封信一定要立刻打開來看！」

一名老警察蹲了下來，拿手在他面前晃了晃，結果這矮個兒警察竟眼都不眨。

「去找找，這兩天有沒有寄來的信還沒拆的。」老經驗的警察低喃著，「他這樣子不對勁。」

「是中邪了嗎？」也有相關經驗的警察緊張的問。

「有點像……把他鎖在裡頭，我們先找信！」老警察起身，其他人便聽令的將這位矮個兒警察拖進警局裡，先鎖著再說。

接著警局裡就是一陣兵荒馬亂，大家尋找這兩天的信件，終於在文件匣裡，找到了一封比明信片還小的卡片信封。

「這麼小……」老警察反覆看著，上面只有寫警局名字，但轉到背後，在封口處寫了「重要」兩個字。

老警察即刻拆開，裡面只有一張字條……「林投女屍可能叫蔡瓊燕，她的男友

叫徐嘉年。」

一時之間，老警察還有點恍惚，幾秒後方才意識到這是封重要的信啊！

下屬接過紙條，下一秒整個警局都沸騰起來，有疑似女屍的名字了！連男友名字都有，這簡直天上掉餡餅啊！

「快點！一組人馬去查蔡瓊燕！另一組去查徐嘉年！」

「找找看這位蔡瓊燕的齒模，立即去驗屍官那邊比對！」

老警察喜出望外的來到長椅邊，朝那個矮個兒警察喊著，「你怎麼知道要叫我們找這封細信？誰叫你來的？」

只見矮個兒警察突然一怔，原本完全不動的眼皮眨了眨，接著十分困惑的看著眼前忙碌的景象，陌生的警局，最後終於望向身邊的老警察。

「我……我怎麼在這裡？」他大吃一驚，想移動卻發現自己的手竟被銬住了，「咦？我做了什麼？為什麼對我上銬？」

老警察看著他慌張的模樣，沉吟了幾秒，「你不記得了？你剛剛什麼都不說，直接闖進來。」

「這怎麼可能？我不是……我剛剛在熱炒店命案現場啊！」矮個兒警察的腦子一片空白，「我真的還在那邊處理案件，就昨天的馬桶命案！」

「你是129轄區的？離我們這裡很遠啊！」老警察即刻為他解開手銬，「你的當事人叫什麼名字？有資料吧？」

「⋯⋯有，都很清楚，連帶還有另一起車禍命案，那是另一個轄區，但是跟我的當事人是朋友！」矮個子也察覺到不妙了，簡單的與老警察交換資訊。

「再來一組人，查一下方瑋茹與蔡瓊燕之間的關係！」老警察聽完後再下令，「再聯繫334轄區，昨晚墜橋車禍的男子，最後併成一案清查！」

矮個兒警察留意到自己遠從二十公里外前來，竟然一點印象都沒有？

這未免太玄。

「我連我怎麼來的都不記得⋯⋯請問，蔡瓊燕案是？」

「林投樹下的無名女屍。」

第十章

渣男

便利商店下個月即將更新促銷主題，這晚大夜的厲心棠非常忙碌，她又擦玻璃又換海報的，還得更改架位，明天起又要迎接一波新活動。

好不容易得空可以休息時，天已經快亮了。

凌晨四點，厲心棠自己吃著過期的便當，泡了杯大杯拿鐵，坐在櫃檯裡吃著，新聞不停輪番播報的林投樹下的無名女屍，已經證實是位叫做「蔡瓊燕」的女性，接下來將尋找她的親屬與朋友。

在尋找親人前，警方也發現到了離奇之處，例如數日前慘死的方瑋茹等人，竟是她的「密友」，甚至也找到了一間店面的房東，他指證歷歷的說，看過她與其他四個人一起來看過店面。

『就他們四個，就很難忘記啦！有一個很壯又很凶，但蔡小姐人很好啦，又很漂亮！』房東部馬賽克，『他們一起來看店面的，說要開服裝店，本來都說好要簽約了，結果後來蔡小姐突然又跑來，說暫時不簽，會再聯絡我……』

『然後就沒有再聯絡了嗎？』

『對啊，我打電話去都沒人接，比較可怕的是她朋友還有來找我，居然說是我反悔要租給別人，還說要給我打！』房東嘆著氣，一副了然的樣子，『我跟他說話不能這樣講，是你們反悔不是我捏！我才知道居然是蔡小姐黑白講！』

隻手托著腮，厲心棠看著正前方的電視，她真的覺得鬼大姐……對，她現在有名字了，蔡瓊燕到底有幾句是真話？

她讓朋友投資她開店，結果卻反悔不簽約，還把鍋推給房東？她都快搞不清楚誰說的是真話，誰說的是假話。

警方也找到了她的租屋處，裡面空無一人，而且看起來許久沒有人居住了，同時循線找到了她在房東那邊留的地址，屋主正是徐嘉年。

『警方今天找到了徐姓男子的住屋處，從現場遺留的血跡反應判斷，這裡極有能發生過打鬥。』記者凝重的說，『街坊鄰居之前常看見蔡瓊燕出入徐男的居所，所有人都認為他們是男女朋友，而且不久前蔡瓊燕還為徐男生了一個孩子。』

按照年歲計算，只怕就是一起埋在土裡的嬰孩了吧？厲心棠想像那畫面，不禁悲從中來。

『根據信箱裡的信判斷，徐男可能至少消失半個月了，現場曾有打鬥痕跡與清理的血跡，徐男的白色豐田也正在搜查中……徐男目前是重大疑犯，警方呼籲自首，也請大家留意，如果看到以下的車子或是人，隨時通知警方。』

電視終於放出了白色的汽車、還有徐嘉年的照片。

「百鬼夜行」裡的大家會看電視，她不知道真的在外面的鬼會不……叮咚！

「歡迎光臨！」她下意識的趕緊站好，看向門口喊著。

自動門是開了，但沒有人。

她是不知道剛剛是否有人經過，讓敏感的自動門感應到開啓，但是她沒忘記前天晚上的情況。

自然，假裝沒事……她腦海裡想起闕擎的話，他平時都是這個樣子，開啓無視……但是，米白地板上的腳印，實在很難讓她無視啊！

那和泥帶血的腳印，就這樣憑空的出現在店裡，還真的一步一腳印的……往櫃檯這邊來了。

無視無視，她這麼告誡著自己，她之前都沒遇到這種事啊，為什麼會突然遇上？是因為最近都跟鬼大姐在一起嗎？還是因為遇上闕擎……她現在已經不覺得亡者是好相處又善良的了，離開了「百鬼夜行」，根本是另一個世界。

腳印停在櫃檯前，厲心棠雙眼盯著手機，她也的確什麼都沒看見，就這樣自然的做她的事情，如果她回應了，這個亡者絕對立刻纏上她……上架！對，她可以去上架！

匆匆的假裝去整理貨架，盡可能不看地上那組腳印，她突然深刻體會闕擎的

感覺，如果是平常就看得見的人，那該有多痛苦？看也不是、不看也不是，尤其萬一被纏上的話，便吃不完兜著走了！

為什麼……這些死去的人看不見他們該去的道路呢？

因為恨？因為怨？因為心有不甘……鬼大姐就是如此，她忘記了自己、忘記了一切，卻記得被殺的痛與恨，以及被「騙財騙色」的忿怒。

恨支撐著她，寧可成為厲鬼也不願住手。

難道人死後，就只剩下恨了嗎？鬼大姐明明還有兩個孩子……不，三個，那襁褓中的嬰孩又是誰殺的？

回過神時，厲心棠才發現地上的足印已經消失了，叔叔在她堅持要出來工作時就說過，她或許會遇到其他不熟悉的魍魎魑魅，那些人都跟「百鬼夜行」裡的人不一樣，務必萬分小心。

叩，細響引起她的注意，厲心棠蹙眉循著聲過去，看見冷藏區的鮮乳瓶前傾，倒了一半出來。

「奇怪我沒擺好嗎？」咕噥著，她重新將瓶子擺正。

從貨架中間走道走向櫃檯時，赫然又發現了那組腳印，一步步的朝著外頭走去……厲心棠佯裝無事的重新繞回櫃檯裡，看著腳印離開店裡，她忍不住朝外頭

探視，卻突然在路燈下，發現了模糊的影子。

那是一個女人的背影，她懷裡抱著一個嬰孩。

她不敢久看，趕緊別過頭去，母子俱亡的亡者嗎？跟鬼大姐很像……但是鬼

大姐從出現開始，除了她之外，也沒見她帶上幼子。

是因為忘了自己是誰，也忘記了腳邊的孩子？但孩子不會想跟著媽媽嗎？

她不懂母子之情，一輩子都不可能懂，因為——

她也是那個被埋在土坑裡的孩子。

所以鬼媽媽是來找牛奶給孩子的嗎？就像那晚……等！

咦咦咦！厲心棠突然直起身子，再仔細看電視新聞——那個男人！只是憔悴

削瘦了點，還多了鬍渣，但是她記得！

那天到她便利商店買牛奶的男人，他身後還跟了兩個小男孩！那天他們說要

去哪裡？她得用力想一下，他跟小孩子說城堡在J市，有城堡有美食……她追出

去給巧克力時，他們確實站在一台白色的汽車旁！

就是他！那天他們已經在逃亡了嗎？倒回去算，那正是蔡瓊燕屍體被發現的

後幾天！

J市！他人在J市！

王思鳳關掉手機，獨自一個人坐在餐桌邊，林投女屍的新聞已經沸沸揚揚，舉國皆知，那一張張照片與名字到處都是，她再傻也知道，不是同名同姓。

因為存摺上的名字，就是「蔡瓊燕」。

她不是傻子，每種跡象都符合，要她怎麼想？

徐嘉年帶著蔡瓊燕的兩個孩子逃亡跑到她這裡來，他們平時只有通訊軟體聯繫，而且鮮少人知道他們還有在聯絡，J市距離他們住的A市又很遠，只怕他週遭的人也不知道她這個人的存在。

躲到這裡來正好，而且他還刻意蓄了鬍子，與電視上那個白淨斯文的臉蛋截然不同，昨天問他要不要刮鬍子時他也婉拒，原來一切都是有所圖。

讓她拿著蔡瓊燕的存簿印章去取款，是想取出所有錢嗎？那本子裡面也只不過剩下二十幾萬，並不算多，只是她連著數日去取款，已經取出了大半，今天她刻意多翻了前幾頁，在她取款前一天為止，都還有數筆提款的紀錄。

林投女屍已經死亡半年，所以基本上本子半年以來的使用者，就只有徐嘉年一個人對吧？

她不由得想起某個林投樹的傳說，那個被丈夫朋友騙光錢財的女人，在孩子均因飢餓與疾病身亡後，她便在林投樹下上吊自盡；然後有人在夜半經過那片林投樹下時，常會遇到一個女人買東西，紙幣卻往往在隔天變成了冥紙；也有人說，上吊後女人化作怨魂，遠渡重洋去找男人算帳，發現男人早已另結新歡還生了孩子，因此附身讓他親手殺了自己的孩子……

想到後面那個傳說，王思鳳忍不住打了個寒顫，應該不會有這種事吧？她都死半年了，如果真的變成怨魂……要是把她認為是新歡怎麼辦？她可不是啊！

沙，輕微的腳步聲在背後響起，王思鳳倏地回首，嚇見徐嘉年站在她身後！

「呀！」她細叫出聲，「你嚇到我了！」

「啊抱歉！」徐嘉年也向後顧了一下身子，「我不習慣穿拖鞋！」

王思鳳撫著胸口，她才剛想到什麼鬼啊怨靈的，他就這樣冷不防的站在身後，誰不嚇啊？徐嘉年連聲說著抱歉，拿著馬克杯往廚房走去，手上卻捲著……

睡袍上的繫帶。

王思鳳想起了林投樹下吊死的蔡瓊燕。

「你繫繩怎麼拖那麼長？」她大膽的問，徐嘉年的左手上纏了一圈又一圈的繩子，還留了一大截垂落。

「啊，」他低首一笑，「我不習慣綁，這又有點麻煩，我剛索性把它抽起來了。」

如果……他右手也纏著繫帶，站在她身上，隨時都可以——不！嘉年不是那種人，他是她見過最善良的人啊！

徐嘉年倒著開水，神情依舊如常的平和，他永遠是這樣與世無爭的模樣，只要喚他，他對上你的眼睛時，都會帶著笑容。

「嘉年。」王思鳳喚了他。

「嗯？」抬首的他，果然下意識的劃上了微笑。

「你今天看新聞了嗎？」她不知道為什麼要這麼蠢，她為什麼要這樣直接問他。

徐嘉年嘴角的笑容僵住了，他凝視著王思鳳，然後別開視線，專注於手上的開水；水倒滿了馬克杯後，他放下水壺，站在原地，雙手撐著流理台面，狀似沉思。

「我沒想過瞞多久，從她被發現開始我就有預感了。」徐嘉年勉強擠出一抹笑，「只是希望能躲多久，就多久！」

「何必呢？她的自殺不關你的事，你只是……跟她交往而已！」王思鳳心疼

的奔到他身邊，「你躲起來，反而變成通緝犯，大家會以爲你牽涉其中……」

「我的確牽涉其中啊！」徐嘉年實話實說，「新聞上到處都是我照片了不是嗎？」

想必手機應該也很多人打，只是他的手機……他早就扔了。

王思鳳只是難受的安撫著他，她沒有忘記，林投樹下有兩具屍體，一具是女屍，另一具是……未滿一歲的嬰屍。

「我陪你去警局好嗎？我們去說明一切。」她輕聲的說著，「我會陪著你。」

徐嘉年看著她，沒有回應，只是強忍著淚水般，深呼吸後別過了頭。

王思鳳不敢問嬰孩的事，她的情況更糟，是否蔡瓊燕帶走他的孩子，報復性殺死後再自殺？

究竟發生了什麼事，能讓他們如此反目，還害得徐嘉年失去了自己的孩子？

「明天我想跟妳借車。」

「咦？」

「我想帶那兩個孩子去安全的地方，他們也不適合再待在我身邊了。」徐嘉年聲音很輕，怕吵醒睡夢中的兩個孩子。

「安全的，地方？」這詞語用得很奇怪。

「嗯，我說實話，這裡我也不宜久留……不是嫌棄妳，是怕拖累妳。」徐嘉年用力做了個深呼吸，「我需要代步工具，做好準備我就會把車還回來。」

蔡瓊燕看著他，有點難受的哽咽，「我不怕被你拖累……徐嘉年，你都住在我這兒幾天了，現在跟我說拖累不……」

「不，妳不懂！我說的是別件事。」徐嘉年突然斂起下顎，微微顫抖，「最近有四起命案……都是她的朋友。」

「什麼？」蔡瓊燕聽不明白，「誰的朋友？」

「事情沒有那麼簡單的，我知道。」他已經全部盤算好了，事情還是要按照計畫去做，「妳信我，就暫時不要問那麼多，我會讓妳明白的。」

信他？王思鳳心底其實有好多疑問，但此刻看著他那誠意滿滿、甚至盈著淚水的眼神，她竟心疼起來。

王思鳳最終點了點頭，她絕對是支持他的人。

「我真的後悔沒跟妳在一起。」徐嘉年又說了一句，「我有個禮物想送妳。」

「什、什麼禮物啦？」王思鳳尷尬的擺擺手，「都什麼時候了還亂花錢。」

「一份心意而已……」徐嘉年扶著她的雙肩，將她轉而背對著自己，「這樣站好，不要回頭喔！」

咦咦？……王思鳳只覺得心頭小鹿亂撞，這是徐嘉年第一次送她東西耶！

即使蔡瓊燕的命案在前，但此時此刻，她還是貪戀著與徐嘉年在一起的時光，她就是那麼喜歡他啊！

撩起，男人的手由後繞到她頭前。

王思鳳因害羞而顫抖，她緊張得連換氣都有障礙，闔上雙眼，感受到頭髮被頸前。

「閉上眼睛。」聲音輕柔的，在她耳畔響起。

因為要前往Ｊ市，所以厲心棠緊急跟同事調了班，她挪動一天特休，因為到Ｊ市來回一天內是趕不回來的；她與關擎坐火車前往，關擎真是個寡言的人，他完全沒有要跟她聊天的意思，就只是聽著音樂，閉目養神。

但是……鬼大姐就不一樣了，她就在附近不知道哪個角落自怨自艾，不停喃喃說著自己飽受欺凌的一生，怨氣持續上升，讓她無法安心睡覺，多怕鬼大姐突然不爽，責怪她動作太慢。

她反覆看著這幾天的新聞，也咀嚼了鬼大姐的自白，老實說沒有一方的說法

兜得攏，不是有一方在說謊，就是事實大家看到的、想的不一樣。

鬼大姐還在自己可悲的身世中，似乎並沒有注意到外界的事物，她也發現到亡者只會看得到自己想看的事情，所以新聞再鋪天蓋地，也沒有吸引鬼大姐的注意。

至今，鬼大姐都沒有去留意蔡瓊燕這個名字，她真的是跟著他們，一步步找回自己生前的足跡，直到找到殺死他的那個人。

下車前兩站時，闕擎說要去洗手間，直到車子到站後，人都沒回來，厲心棠先匆匆下了車。

結果一下車，看見他跟一個陌生女人有說有笑，還蹲下身子摸摸女人帶著的黃金獵犬。

「這麼可愛！你有個對你很好的主人喔！」闕擎開心的跟黃金獵犬說話，露出的是燦爛的笑容。

真的是燦爛，是厲心棠完全沒見過他那麼好看的笑顏。

他與狗主人一同走向她，禮貌的跟主人道別，又彎下身再摸摸狗的頭，眼睛都笑彎了，「再見了喔！」

哇！厲心棠覺得他應該常常笑的，闕擎笑起來可真好看耶！

「你很喜歡狗喔。」她很好奇。

闕擎轉過身的瞬間，笑容盡失，又恢復成冷淡的臉，「走吧！」

咦？那什麼？變臉嗎？這變得也太快了吧，前一秒還眉眼俱笑的跟人家道再見，下一秒變成一副死人臉了！

「喂，你也差太多了，剛剛那樣多好看！」厲心棠嘟嚷著追上來，「一轉過來好像我欠你八百萬喔！」

「嗯哼。」闕擎根本沒在理她，逕自出了站。

出站後有計程車在招攬，也有腳踏車跟共享機車，但重點是他們根本不知道要去哪裡。

「所以呢？」闕擎轉向她，一大早吵著要到Ｊ市來的可是她。

「腳踏車就可以了，沒幾公里！」厲心棠快步走向共享區。

「我們到底要找誰？」闕擎看見訊息就直接在火車站會合了，一個字都沒問，三個小時的車程中，也沒提過這個問題。

現在到了Ｊ市，就開始有問題了喔！

「我研究了他的社群網站，找到好幾個住在這裡的朋友，有個人每篇都有回應──而且他們是相互積極回應。」刷卡租車，厲心棠牽出腳踏車，「我覺得就

是她。

「誰？」刹那間，蔡瓊燕的身影擋住了她的去處。

厲心棠差點沒嚇到翻倒腳踏車，鬼大姐怎麼突然衝出來了！

「妳剛剛說，徐嘉年。」鬼大姐擰起眉，「一直提起這個名字，徐嘉年⋯⋯

徐嘉年⋯⋯

了！

「認識的嗎？」闕擎倒是直接提醒，厲心棠緊張的阻止！

他提醒鬼大姐做什麼啊？要是她隨便想起一次紛爭，等等徐嘉年又變屍體

有她怎麼辦！

自為她煮紅豆湯的男人，他對待孩子極好，也總是喜歡摸著她的臉，說這輩子沒

有個在她心情不好時，會帶她出去玩的男人，在她月事來疼痛不已時，會親

但是，這麼好的人⋯⋯她怎麼記憶這麼薄弱？那會是她的丈夫嗎？

『徐嘉年！這到底怎麼回事？』

『妳冷靜一點！燕子！』男人的手臂抓住了她，『住手！』

他們在拉扯，她拼命的想往門口去，那個人拉住了她，她終於被迫還擊，抓

起能抓得到的物品砸向對方。

然後又是一番推擠，她被摔在地上，撞到了桌角，緊接著……她就不能呼吸
了！

「啊……」鬼大姐扣住自己的頸子，「我被掐住了！是那個男人對不對……

徐嘉年？」

「等、等一下！」厲心棠忍不住出聲制止，「大姐，妳已經連殺四個人了，

每一個妳都曾經說他們是凶手，我們這次可以多想一下嗎？」

「有什麼關係！就算他們不是殺我的人，也都是把我逼向死路的人！」鬼大

姐凶惡咆哮，「我怎麼會忘記那個人……他在哪裡？長什麼樣……」

鬼大姐瞪大殘虐的雙眸試圖回想，闕擎看得出來她好像真的想不起來徐嘉年

的模樣……如果他真的是凶手，那還真妙！

「我們正要去找，如果……找得到的話！」闕擎直接跨上腳踏車，「請冷靜

點吧，鬼大姐，至少等我們問完話。」

厲心棠戰戰兢兢的牽著腳踏車繞過在原地仍在喃喃唸著的蔡瓊燕，才趕緊追

上闕擎，她其實一點都不想讓鬼大姐找到徐嘉年，她感覺只想屠殺，就是又會亂

殺一個人。

「妳知道位置，帶路。」闕擎緩下車速，對她喊著。

「我哪知道位置啊……」她咕噥著，她只是就對曾打卡的地點來找，到了那邊……她想著是利用關擎的催眠，看能不能問出那個女生的下落。

他陸續依照那位叫小鳳的女子的社群，找到了打卡過的飲料店、咖啡廳及麵館，最後在一間普通的自助餐店裡，連催眠都用不上，就知道了訊息。

「哎呀，小鳳啦！她最近越來越漂亮捏，交男朋友了！」老闆笑嘻嘻的說，

「聽說是暗戀很久的那個男生來找她了！」

「是有什麼好！來找她還帶兩個小孩！」旁邊的阿姨沒好氣的唸著，「看起來想丟包給小鳳！」

兩個孩子！厲心棠雙眼一亮，是徐嘉年沒錯了吧！

「我看那個男的也覺得不是什麼好東西，他們來吃飯，都小鳳在付帳，還給他們買新衣服買玩具的，那個男的好意思？」老闆娘也出口，「我說還是突然過來的，小鳳都不問，這不是很奇怪嗎？」

哇！厲心棠完全沒有插嘴的機會，徐嘉年應該沒到這裡多久，怎麼大家都對他有意見了……帶著蔡瓊燕的孩子來投靠一個暗戀他已久的女人，吃穿都用女孩的，屬心棠打心底覺得有點不妙。

「抱歉，我就是在找小鳳！」厲心棠自然的接話，「但是我刪掉她的電話了，

還是請你們幫我聯繫她？」

「嗄？聯繫？」員工們面面相覷，互問著誰會有小鳳的電話？「沒啦，我們沒她的電話啦，不然妳去二十八巷口那邊問問，那個里長啦，他可以帶妳去找她！」

又開始播放新聞焦點。

「謝謝！謝謝！」一得到消息，厲心棠就急著要轉身，但鑲在高牆上的電視

『本日林投女屍有突破性進展，法醫初步判定，死者可能並非上吊輕生，而是先被殺死再偽裝成自殺！』記者身後是那片林投樹林，『由於死者家中財物短少，警方認為這恐怕是起謀財害命事故。』

騙財騙色、被拿走的存摺、被欺騙的感情……她心底覺得凶手根本就是徐嘉年了，這傢伙只怕也不是什麼好東西。

那麼──厲心棠倒抽一口氣，立即轉身衝了出去。

「有問到嗎？」在外面的闕擎依然一臉從容。

「快點走，我怕那個小鳳也會出事！」厲心棠慌張的去牽車。

為什麼跑來投靠一個暗戀他許久的女人？公司同事說徐嘉年對誰都好，就像個中央空調，問題是誰都暖的人不就是時下所謂的渣男嗎？

他如果騙走蔡瓊燕的錢並殺了她，那這個愛戀他的女人下場還會好嗎？

焦急忙慌的衝到二十八巷口，巷口三角窗便是里長家，厲心棠表明她是小鳳朋友，但手機通訊錄被刪掉無法聯繫，請里長幫忙。

「朋友喔⋯⋯」里長很懷疑，因為年紀差有點多。

「我們是她男友的朋友。」闕擎突然補了一句，厲心棠都覺得莫名其妙。

「哦～那個朋友喔！啊他早上好像開車出去了捏！」里長翻找著里民聯絡簿，「我早上還在門口看到她的車，不過開車的是男朋友啦，我跟他說這邊前面是單行道厚，他不可以直接右轉啦！」

開車的是男人？「那小鳳呢？」厲心棠緊張的問。

「她要上班吧？沒看到捏！」里長按著手機，碎碎唸，「是說那個男的好像不必厚⋯⋯」

男的開著女人的車走了嗎？厲心棠緊張的揪著衣角，而里長試著打電話，卻得到無人接聽的結果。

厲心棠心涼了一半，來不及了嗎？

「她應該是快回來了啦！」里長帶著他們往外走，「還是你們就在這裡等，我去貼個條子，請她回來跟我聯絡？」

「那我們可以直接到樓下等她吧？」厲心棠積極得很。

里長果然皺眉，直接搖頭拒絕，「人家沒有要讓妳知道她家，妳去幹嘛？」

唔……厲心棠尷尬的退後，說得也有道理，如果這麼容易就能打探到某人家的地址，那這個里長就眞太失職了。

只是里長才一推門，就看見一個路過的女人——「小鳳啊！」

咦？聽見這聲吆喝，厲心棠急急忙忙衝了出去，只見一個身影正準備轉進巷子裡，聽見里長吆喝後愣愣的停下腳步。

關擎慢條斯理的跟上，雙眼卻在梭巡著鬼大姐是否在附近。

「是？」王思鳳愣愣的問。

「小鳳？」王思鳳走到她面前。

「妳是？」王思鳳狐疑的蹙眉，她看著眼前的女人，不認識啊。

啊……厲心棠即刻揚起微笑，勾住她的手，「好久不見，妳都忘記我了！」

什麼？王思鳳下意識的想掙扎抽離，她不認識這個女生啊！

「沒有惡意，只是想問徐嘉年的事，妳也不希望我們大聲嚷嚷，說殺人疑犯在這裡吧？」關擎從容的繞到她右手邊，用絕對虛假的笑容快速說著。

王思鳳當下噤了聲，她不敢作聲的僵在原地，厲心棠跟里長笑笑打招呼道

謝，便推著王思鳳往前走……唉唉，她覺得自己這樣好像綁架犯喔！

「對不起……我不是故意的！」一進舊公寓，厲心棠連忙道歉，「我們只是在找徐嘉年而已！不是故意要威脅妳的。」

王思鳳戒備般的望著他們，「找他做什麼？」

「想問他在蔡瓊燕的案子裡是什麼角色。」闕擎關上樓下鐵門，「還有那晚發生了什麼事。」

王思鳳轉頭就往樓上走去。

早上嘉年開著她的車，帶著兩個孩子離開了，說事情處理好後，會盡快回來。

「我沒有問，我也不知道。你們問錯人了。」

「那是因為妳喜歡他吧！他也知道，所以他利用了妳！」闕擎自然跟著走上，「利用妳的愛慕，讓妳成為隱匿犯人的共犯，妳也不想想，他帶著兩個孩子到這裡是為了什麼？他是不是跟妳說了甜言蜜語，什麼早知道選擇妳之類的話？」

才上兩階的王思鳳一凜，握著樓梯扶欄的手握了緊。

哇塞！厲心棠望向闕擎，他說話怎麼這麼直？未免太傷人心了，況且又沒有

證據！

「其實也不一……」她試著想緩和氣氛。

「光看外表也知道，妳知道蔡瓊燕多正嗎？人都是視覺動物，尤其男人，就妳這身材跟外表，一定是需要日久生情，妳覺得一個男人跟辣妹在一起又有了孩子，會突然轉身跑來跟妳告白，這正常嗎？」闕擎絲毫沒有留情，話語如刀，一刀刀剮下，「醒醒好嗎？我們也是在幫妳，弄不好說不定妳就是下一個吊死在林投樹下的目標。」

王思鳳氣到都在發抖了，她很想反駁，但知道她的說法絕對站不住腳！因為她早知道嘉年絕對發生了什麼事，尤其……他的女朋友半年前就死了，但是嘉年卻隻字未提。

「闕擎！」厲心棠追上前拉住闕擎，「你說話留點口德吧！」

「我在說事實，她都被迷得神魂顛倒了！新聞這麼大，她不可能不知道蔡瓊燕已經死了，而且徐嘉年就在剛剛正式成為被通緝的對象了！」闕擎繼續跟著王思鳳上樓，也未曾住口，「他對妳而言可能是白馬王子，但對吊死在樹下的蔡瓊燕而言——」

「閉嘴！」王思鳳不悅的吼著，快步衝上四樓，拿出鑰匙就要開門。

唰──一條繩子，倏地從樓梯扶把的縫隙間垂直而下！

咦？王思鳳拿著鑰匙的手僵了住，她家樓上……沒有住戶了。

誰在樓上？

她手不自覺的開始發抖，緩緩向上方望去，牆上隱約的站著一個影子，那是個人影，他有著細到詭異的脖子，中段像是要斷掉似的，然後還有條繩子？

咦！厲心棠眼明手快的即刻把王思鳳往後扯，「大姐！不要鬧！還沒確定！」

什麼？王思鳳跌到闕擎身上，羞得趕緊推開他穩住身子，樓上到底是誰？那影子太奇怪了，而且為什麼樓梯間突然變得這麼暗？今天炎熱異常，光卻像照不進來似的。

「他另結新歡，原來隱瞞著我，早就有別的女人存在了⋯⋯」聲音是從上方傳來的，厲心棠就站在王思鳳家門口，朝上緊張的看著那映在牆上的可怕身影。

「走！」闕擎伸手拉過王思鳳，就往樓下跑！厲心棠也不敢留下來！

「拿走我的錢，送給其他女人嗎？」蔡瓊燕的聲音開始變得瘋狂，她在笑

啊，「哈哈哈，哈哈哈⋯⋯我生前是有多蠢啊，竟被欺騙到這個地步！」

王思鳳一邊往下跑一邊搖著頭，「什麼另結新歡⋯⋯我不是誰的女朋友，妳

是誰!?」

她慌亂的回頭問向闕擎，這是怎麼一回事？

「蔡瓊燕。」闕擎連婉轉都懶了。

蔡⋯⋯蔡瓊燕？王思鳳愣住了，她不是那具林投女屍？已經死了半年⋯⋯

了⋯⋯嗎？⋯⋯她都跑到三樓了，但縫隙間的繩子依然垂下，上方的樓梯出現了一

雙帶土腐爛的腳，緩緩的走下了！

厲心棠快速的繞過她，超前往下，拉著她繼續往下走，他們必須離開這棟

樓！

「哇呀！」王思鳳嚇得失聲尖叫，後退靠上白牆。

王思鳳雙腿打顫得厲害，但她還是知道要逃，慌亂的直往一樓衝，卻在某個

轉彎時用力過猛，整個人踩滑，直接從樓梯上摔下來！首當其衝就是壓往厲心

棠，她轉身就抵住。

但因為王思鳳身體「質量」很高，厲心棠單薄的身軀根本無法抵住，結果換

她腳跟一滑，也跟著往下摔去了。

殿後的闕擎伸手抓住了王思鳳的手，直接往自己身前拽。

「鬼大姐，妳不要只想著自己很可憐，妳真的不是新歡。」闕擎左手拉回王

思鳳，人卻朝上喊著，「說不定她跟妳一樣，也是個被欺騙的可憐人。」

蔡瓊燕終於是從狹窄的空間裡「擠」下來了！卡在樓梯中段，倚著牆的王思

鳳大氣都不敢喘一下，看著那可怕面容，頸子被繩子勒到剩下骨頭的蔡瓊燕，她

只敢在心裡尖叫！

哇啊啊啊啊──鬼！鬼！

「對……對呀！徐嘉年騙她也說不定，你們沒有在交往對吧？」厲心棠趕緊

戳了王思鳳一下。

她一閉上眼，淚水便嘩啦嘩啦啦的落，雖然那是她心中所想，但是永遠不可能。

「鬼大姐！」闕擎加重了語氣，「不要瞪著她，妳要想的是殺妳的那個人！」

闕擎突然朝厲心棠使了個眼色！她瞬間明白，悄悄拉著王思鳳一階階往下，

一樓大門近在咫尺，她們趕快衝出去，到了外面應該就沒事了吧！總是要先離開

鬼大姐的勢力範圍啊！

「她、是他的女人！」鬼大姐根本聽不進去，她指向王思鳳的頸子，「那是

我的項鍊！」

什麼！王思鳳嚇到了，她撫在胸口的右手食指，甚至正蓋著頸子上那條星月

項鍊！

這是昨天晚上，嘉年給她的驚喜，親自為她戴上的！

「這是他給妳的嗎？」厲心棠也終於留意到那條項鍊。

「對……」王思鳳緊握住項鍊，這是他第一次送她的東西！

那是她的！

蔡瓊燕記得很清楚，她曾戴在頸子上，他說是百貨公司的精品項鍊，還親手為她戴上的！

「賤貨！」蔡瓊燕盛怒異常，直接衝向了王思鳳。

「大姐！」厲心棠急忙將王思鳳往下拉，整個人甚至大膽的卡在蔡瓊燕面前，「她不是！」

那個徐嘉年是怎樣？該不會他知道身後有厲鬼追擊，故意把這種東西送給王思鳳吧？

「啊啊……啊──」王思鳳總算尖叫出聲，身上的包跟提拎的東西通通都不要了，慌亂的衝向一樓那扇鐵門。

她要離開這裡，這一切都是假的！世界上怎麼會有鬼──磅啦聲響，包上的東西散落一地，厲心棠大膽的伸手擋住蔡瓊燕，拜託她不要衝動！

「說不定是故意的！徐嘉年故意送她項鍊，讓妳以為他們在一起！」厲心棠

尖聲吼著，她知道現在再怎麼大聲，鄰居們都聽不見的！他們陷在鬼大姐的結界中啊！

王思鳳到了一樓鐵門邊，死命按著按鈕，門卻無動於衷，上頭的厲心棠都感受到蔡瓊燕的深刻恨意，既恨又悲傷，委屈至極！現在的她還沒有恨徐嘉年，卻恨透了王思鳳！

關擎從厲心棠身邊閃身下樓，看見的卻是……散落整個樓梯的鈔票，還有那本醒目的存摺，就躺在灰色的階梯上。

蔡瓊燕也瞧見了，關擎彎身拾起，若有所指的看向正在一樓哭喊著拉不開門的王思鳳。

「蔡瓊燕的存摺。」他看向了驚恐回眸的王思鳳，「妳去領她戶頭的錢嗎？」

「我……那是嘉年叫我去領的！」王思鳳飛快解釋，「他叫我每天提領上限，錢都不是我的，我提出來後就都給他了，我完全沒拿一分——」

誰信啊！厲心棠都傻了，這簡直是證據確鑿的情況好嗎，這下王思鳳跳進黃河都洗不清了啦！

「拿走我的錢！騙了我……」蔡瓊燕想起來了，那天她發狂在家裡翻找的，就是她的存摺！

她放在盒子裡，並且藏在冷凍庫裡，她一直以為藏得很妥當，可是那天把冷凍庫全翻出來後，存摺與印章都不見了！

她翻遍了整個家，最後質問了那個男人，她的卡、存摺跟印章去哪裡了？但是他看著她，手裡抱著她的孩子說了什麼？說了……

『那不是妳的錢。』

不是她的錢！蔡瓊燕看著滿地的鈔票，看著眼前那個哭慘了臉、其貌不揚的笨重女人，他居然拿她的錢送給這種女人——甚至不惜殺她，也要跟這個女人在一起？

「我也要把妳吊死，看看他還能不能喜歡妳！」

啊……厲心棠感受到無與倫比的殺意，轉身衝過去護在王思鳳面前，張開雙臂，希望鬼大姐可以看在她的面子上，停止殺戮！

「停手！」她激動喊著，但她知道……蔡瓊燕不會停的強烈殺意直面湧來，對她來說，王思鳳就是那個奪走她錢財與愛人的該死小三啊！

關擎更快的再站到厲心棠面前，仰視著殺來的蔡瓊燕，他什麼都沒說，就只是站著，動也不動……厲心棠沒敢往上看，她完全忘記她的包裡有冷靜球，因為她的情緒被殺意感染，現在的她……甚至也想掐死身後的王思鳳。

「不⋯⋯不，為什麼是我！為什麼！」蔡瓊燕突然哭喊起來，用力扯著自己頸子上的繩子，「我不是上吊自殺的，我不是！」

她拼命的想把繩子從頸子上取下，卻只傳來令人發寒的撕裂聲⋯⋯「哇

啊⋯⋯⋯哇啊！」

繩子是完全跟她的身體黏在一起，想要拔除繩子根本沒那麼容易，越撕扯，只是讓自己越痛苦，蔡瓊燕莫名其妙的陷入一種自我的歇斯底里中，她雙手抱頭，尖甲刺進自己的頭顱裡，瘋狂般左撞右甩，最後餘下的繩子突然向縫隙上方伸直，一秒咻地把自己拉了上去。

整個人貼在鐵門上的王思鳳哭得泣不成聲，嚇得都腿軟了，她的手依然死死的按在鐵門開門鈕上，此時此刻，突然「嗶」的一聲，鐵門開了。

這聲音劃破了恐懼，王思鳳淚眼一張，毫不思索的衝出去，厲心棠這才抬起頭，放下呈大字型的雙臂，看向恢復明亮的樓梯間，還有擋在她身前的男人。

「你⋯⋯謝謝。」她不知道該說什麼，只知道冷汗濕了衣裳。

厲擎回首，「小姐，妳不是有那個透明球？有必要搞得這麼緊張嗎？」

「我⋯⋯我忘記了！」厲心棠說著，突然嗚咽一聲就哭出來了，「我想到時已經來不及了，我不敢動啊！」

闕擎明顯露出不耐煩的神情，把鐵門拉開，一把拽著她的上臂推出去，外頭是一如往常的街道與走廊，平靜而美好，曬點太陽大家應該都會舒暢些。

王思鳳整個人腿軟到跪在地上，顫抖著身子痛哭失聲，闕擎手裡還捏著蔡瓊燕的存摺，他不避諱的打開來看，還真是勤奮，一連四天，提了四天的上限額度，眼看著都快領領一空了。

往前翻閱存摺，這本存摺看得出來完全留不住錢，有錢進來便很快的流出，王思鳳最近提領的餘額也不過十幾萬。

閱監視器，就是妳冒名去領的。

「他還設計妳去提款嗎？要不要清醒一點？」闕擎蹲了下來，「警方未來調閱監視器，就是妳冒名去領的。」

「我⋯⋯我有印章跟存摺，我只是代領！」王思鳳慌張的抬頭。

「妳到時再跟警察解釋吧！我不在乎。」闕擎突然以食指勾起那條星月墜子，

「這個我得拿走。」

王思鳳下意識的再度護住，闕擎白眼都要翻到外太空了！

「我知道你們會說是嘉年故意害我的，但我覺得不是！他是個好人，對我那麼溫柔，他是說過後悔當初沒選我，但並沒有鬆口說喜歡我！」王思鳳哽咽哭著，「他也老實跟我說了，他是來還債的，帶著那兩個孩子逃躲，只希望多相處

此時候，然後送他們去安全的地方！」

厲心棠聞言一驚，「什麼叫安全的地方？」

王思鳳微顫著，驚魂未定，手還扣著那條項鍊不放；厲心棠見狀，溫柔的搭上她的手，示意她放開。

「我不覺得妳一直戴著她的項鍊是好事。」她輕聲說著，王思鳳睜圓雙眼，淚水撲簌簌的掉。

最終，她鬆手了，任厲心棠取下應該是屬於蔡瓊燕的項鍊。

「他們去了哪裡？里長說上午看見他載著孩子，開妳的車離開。」闕擎關切得很。

「去⋯⋯把孩子送回他們爸爸身邊。」王思鳳哽咽的說，話不成串。

「他們父親嗎？那是⋯⋯嗄？」厲心棠整個人忍不住大叫出聲，「他們父親？」

王思鳳被她這一叫嚇住了，她沒說錯啊！

「是啊，孩子的父親。」

「可是孩子的生父不是已經死了嗎？」

木門開啓時，裡面傳來陣陣菸味，打著赤膊的男人不解的看著眼前的不速之客，還有他一手牽著一手抱著的兩個孩子。

「哪位？」男人沒搞清楚，怎麼會有人跑到這裡來？

「我找朱盛元。」徐嘉年客氣的說著，「他是住這裡吧？」

「……噢，對！」男人回頭朝裡面大喊，「阿元！」

同時男人將門敞開，歡迎他進去，但孩子聞到菸味產生排斥，摀著鼻子說臭。

「喂！有小孩啦！先熄掉！」裡面的男人們聞言趕緊熄掉菸，好奇的往外張望。

站在外頭的徐嘉年可以聞到男生宿舍裡專屬的汗臭味，這裡的確是工寮，是工人們暫住的地方。

有個又黑又小的男人匆匆走出來，當他還在問誰啊時，走到了門口。

徐嘉年左手牽著的哥哥，開心的即刻鬆開手，衝了上去——

「爸爸！」

第十一章

死亡的前夫

『是的，今天經過蔡姓女子的丈夫證實，林投女屍的確是他的妻子，於此我們已完全能確認，林投女屍的身分！』記者不帶任何情緒的報導著，『關於妻子為何死亡達半年，丈夫卻不知這件事，丈夫有著確切的證據，顯示這半年來，妻子不停的以通訊軟體與他報平安，並不時會貼上孩子的照片，因此他從未懷疑過家裡出事。』

『朱先生與妻子的相處之道一向如此，他遠離家裡到外地去打工，並不常回來，他說孩子長大唸書都需要錢，也希望給太太好生活，妻子也總會說現在不要想放假，多拼一點就能賺更多錢，所以夫妻每年能見兩次面算多了。』

『而警方發現，丈夫擁有的手機號碼，與蔡瓊燕日常用的並不相同，這支號碼似乎是專屬於丈夫使用，但這半年來手機都在他人手上，冒充蔡姓女子與其對話，警方也在查通聯紀錄。』

『初步推斷應該是徐姓男子所為，因為警方找到丈夫前，徐姓男子才剛帶著兩個幼子到工寮給他，安頓好後便自行離去，警方正在追蹤徐姓男子的足跡；他的白色豐田在廢車場被找到，而載送孩子去找生父的紅色車主，則屬於一位王姓女子，其為徐姓男子過去的同事。』

『警方調查至今，案件可說是撲朔迷離，原本以為是一樁情殺案，但現在卻

越查越奇怪！因為死亡的蔡姓女子交友非常複雜，甚至與日前阿夏理容院的熱水命案死者相關，而她在該理容院曾是紅牌，卻以陳云真為假名，而這位陳云真確有其人，卻是徐姓男子公司的老闆娘……』

『由於牽扯多起疑似詐騙案，警方懷疑蔡姓女子生前與多人有金錢糾紛，她的朋友也慘死於熱炒店與離奇車禍，甚至身首異處，警方亦不排除是仇殺。』

『但究竟這位身材曼妙可人的少婦，是被控制教唆進行詐騙？亦或是還有其他內情，警方把希望都放在了疑犯徐姓男子身上。』

『目前法醫仍在做二次屍檢，懷疑蔡瓊燕是被掐死後才偽裝成上吊，雖然事隔已久，但同居者的徐姓男子嫌疑最大，至於丈夫對於徐姓男子一無所知，更不認識襁褓中的孩子，而嬰屍的DNA確定並非丈夫的親生孩子。』

看著新聞，厲心棠已經沒有辦法辨別真假了！

蔡瓊燕有一堆化名是真，騙錢是真，但是是她自願的還是為愛甘願？

但重點是丈夫！那個丈夫去認屍，出來哭得缺氧，抱著兩個稚子痛哭多令人動容，還說蔡瓊燕是世界上最棒的老婆，他能娶到她是幸福的，不明白為什麼有人會殘忍的殺死她？更不相信她會自殺！

先生，你頭上那頂帽子綠得真漂亮，哪裡買的？

「我的天哪！他見過徐嘉年、從他手裡接過孩子，也知道嬰屍的存在，就不覺得奇怪嗎？」厲心棠難以承受現實，「結果他在那邊說蔡瓊燕是全世界最難得的老婆？」

闕擎手裡拿著手搖飲，這兩個人就坐在警局外頭不遠處，處於守株待兔的狀況。

王思鳳被找進去約談了，畢竟徐嘉年曾住在她那邊，她身上有諸多情報，警方不可能放棄這條寶貴的線索；雖然朱盛元也見過，但他說徐嘉年只是把孩子交給他而已，什麼都沒說就走了。

「你們線人可不可靠啊？」闕擎不耐煩的問著。

「可靠啦！這麼大的事情，警方當然要問久一點啊！」厲心棠在原地做起伸展，「現在恐怕除了王思鳳外，沒人知道徐嘉年的下落。」

嗯，闕擎倒不覺得，「其實如果好好引導鬼大姐的話……」

「那我們還沒趕到徐嘉年就死透了。」厲心棠翻了個白眼，她當然知道讓鬼大姐找最快啊！問題是不行！

「出來了！」闕擎看到王思鳳離開警局，不過瞬間被記者團團包圍。

記者會問什麼他們都知道，厲心棠趕緊跨上腳踏車，她一定會坐計程車離

開，他們得跟上那台車子！

「請問他有跟妳說他殺人了嗎？」「小姐妳都沒有覺得他突然跑來找妳很奇怪嗎？」「他真的什麼都沒跟妳說嗎？」

記者的攻擊力驚人，但警察還是努力的將王思鳳保護到上了車，闕擎將飲料擱到杯架，就等著計程車往前行駛，他們先往前騎……等著計程車從身邊經過時，厲心棠即刻拍向車窗！

「咦！」車內的王思鳳嚇得尖叫，定神一瞧，發現是前兩天的學生！「不必加速……不必！大哥，前面找地方轉彎停下！」

一邊說著，王思鳳指向前方做了個右轉的動作，厲心棠豎起大拇指表示理解。

五分鐘後，王思鳳在一個巷內匆匆下車，厲心棠即刻遞上幫她買的飲料，她有些受寵若驚。

「我叔叔說，吃甜的會撫慰人心。」厲心棠甜甜的說，留意到今天王思鳳身上很不一樣。

她頸子間多了紅繩，手腕也戴了一堆佛珠，看來見過蔡瓊燕後，把她嚇得不輕啊。

「妳知道徐嘉年去了哪裡嗎？我想警方也一定問了妳這個問題。」闕擎不想拖泥帶水。

王思鳳立即搖頭，「我不知道，他都沒說。」

「用猜的呢？或許他跟妳暗示過？」闕心棠再追問，「他都跟妳借車了，還車鑰匙時你們總有見面吧？」

王思鳳握著飲料，低頭不語，闕擎實在有些不耐煩，她在警局待這麼久敢情就是這樣做筆錄的嗎？

「他就真的什麼都沒提，你們問再多也沒有用！」王思鳳有些不耐煩的說著。

「也沒跟妳解釋，關於孩子為什麼會送給應該『已故』的父親嗎？」闕擎尖銳的問著，「蔡瓊燕的前夫應該已經死了才對。」

王思鳳突然面露慍色，顯得怒氣沖沖。

「對，她是這樣跟嘉年說的，說她的丈夫在工地出意外死了，所以嘉年才跟她交往！那天他說要送還孩子給生父時，我的確也愣了！」王思鳳略咬了咬唇，

「他早發現蔡瓊燕騙他，她老公沒有死，他們也從未離婚，所以嘉年瞬間變成第三者。」

「所以才一時生氣，失手殺了……」闕心棠小心翼翼的問。

「不是！嘉年不會……他不會殺人的！」王思鳳突地把飲料塞還給厲心棠，

「夠了，我下車是想謝謝你們那天幫我，還有……」

「她會找徐嘉年的。」

們去幫他。」厲擎打斷了她的遲疑，「而他孤立無援，他可沒有我

王思鳳的臉色瞬間刷白，拿著飲料的手開始發抖，厲心棠並沒有接過飲料，

只是看著飲料瓶在前面自震，王思鳳該明白的。

「現在不是他有沒有殺她的問題，像妳沒有殺她，她還是來找妳了啊！」厲心

棠趕緊補充，「現在的她就是要讓害她的人後悔，找到殺她的凶手，妳覺得連警

察都認為是徐嘉年了，當事者該怎麼認為？」

望著他們，淚水滑出王思鳳的眼眶，她痛苦的搖著頭，最終皺起了鼻子，痛

哭了起來。

「不是的……他不會這樣做的……」嗚嗚咽咽，王思鳳都要蹲下來了。

「所以我們必須先找到他。」厲擎忍著急躁的心，「妳不希望他出事吧？」

王思鳳更加用力的搖首，天曉得她比蔡瓊燕更加愛這個男人！

厲心棠謹慎的感受，沒有任何鬼的情緒能感染她，就表示一定距離內，鬼大

姐沒有在他們身邊。稍早之前她看過她在警局外徘徊而無法進入，不知道是惦記

著丈夫？還是孩子們？

「他在他們第一次相遇的地方。」王思鳳總算鬆口，「他說必須去做一個了結。」

闕擎舉起雙手，痛苦的握著拳多想擊上牆壁，什麼叫做第一次相遇的地方？

說清楚啊大哥！誰管你們在哪裡相遇的！

第一次見面，是在山上一間練歌坊裡，就是那種簡單的鐵皮屋，有幾間房間放著點歌機，老闆娘炒得一手好菜，大家可以點菜喝湯，一邊唱歌聊天；那天蔡瓊燕是跟丈夫一起出席的，因為那天是男人們共同的好友生日。

有許多不熟的人，是朋友的朋友，與朱盛元也就兩面之緣，不過那一天，徐嘉年留意到了蔡瓊燕。

美麗大方、年輕活潑，再再都吸引著男人們的目光，而且她也絲毫不害羞，不僅大方的合唱，還會貼心的幫大家夾菜，總之就是現場的焦點。

或許……距離有那麼一點不太保守，但就是這樣才讓他一下就陷落了。

徐嘉年一個人坐在包廂裡喝著酒，他花錢把這裡都包下來了，點了一箱酒跟

幾道菜，電視裡放著點滿的情歌，請老闆娘與所有員工離開，這裡不要留人，今晚請留給他一個人。

他在等，等燕子歸來。

「呵……我知道妳在的。」徐嘉年高舉起酒杯，向著天，「我看到妳就在那裡啊！」

在阿夏理容院的命案現場，他親眼看見店外站著一個女人，頸子上的繩子還在飄動，他當時以為自己心虛，還嚇得把電視關掉，但幾天後只要滑到新聞，他確切就是看見了她在那裡。

數日前的的熱炒店命案就不必說了，方瑋茹等人都是她的朋友，死狀這麼悽慘，新聞裡的她已經不是他熟悉的美麗了，那張臉醜惡猙獰，跟電影裡邪惡的亡者一樣，她就在命案現場狂笑不已。

接著是德哥他們的車禍，他那時就明白——她不會放過他。

「這到底該怪誰呢？」徐嘉年再倒了一杯酒，「妳這女人，真的是到死都一樣……狗改不了吃屎。」

噠噠噠！腳步聲響，徐嘉年即刻回首看向門口，謹慎的聽著越來越近、過度清晰的足音——「徐嘉年？徐嘉年？徐先生？你在這裡嗎？」

厲心棠不安的在黑暗的鐵皮屋裡喊著，怎麼這裡一個人都沒有啊？闕擎——

打開廊上的燈，鐵皮屋後是山林，他可以感受到遠處應該有些亡靈，但現在以鐵皮屋為方圓數公尺之內，乾淨得連路過的阿飄都沒有……這其實不妙。

最裡頭的包廂門縫透著光，旋即門被開啓，男子探出頭來，一眼就看見站在外面的厲心棠。

「哇……你留鬍子了喔？」厲心棠還是一眼就認出他是誰了，「徐嘉年先生。」

「你們是誰？」徐嘉年狐疑的蹙眉，「不該有人知道這裡。」

就算他曾跟思鳳說過，要到與燕子初識之處，她也不可能知道在這裡啊！

「她厲害，記得你們第一次見面的地方。」闕擎不客氣的上前，但徐嘉年即刻伸出手擋住門板，不讓他進入。

「你們不該在這裡，會有危險的。」徐嘉年認眞警告著，「小孩子快回家。」

「是蔡瓊燕記得，加上你們打卡！她提過記憶裡跟某男人認識的片段，我剛好記得。」厲心棠聳了聳肩，「對，是蔡瓊燕的亡魂跟我說的。」

徐嘉年怔怔的看著他們，並沒有表露出你們是在練什麼肖話的表情，而是冷靜兩秒後，準備開口請他們離開。

「我們看到的比你多，不必再裝了。」闕擎不客氣的由下往上，挪開他打橫的手臂，「她早晚會來找你的。」

「她就快想起來了。」厲心棠跟著進屋，嚴格說起來是……蔡瓊燕會跟著他們來的。

「等等，你們——」徐嘉年不可思議的轉身，他本想喝止這兩個學生，但還是先好好的將門給關上，「你們是哪裡來的？」

這間包廂不小，至少七坪大，茶几上都是香氣撲鼻的茶餚，U型沙發，面對著一台電視、點唱機、兩個音響；電視後方及側邊均有窗戶，對著的是漆黑的山林，與包廂門對著的還有另一扇門，像是逃生門似的，但感覺有點多此一舉。

「您好，我跟蔡瓊燕簽了約，我們——」厲心棠有禮貌的準備上前自我介紹，闕擎一步把她往後拉。

「我們看得見亡靈，知道她被殺、她殺那幾個人時我們甚至在附近，而她在尋找殺她的凶手。」闕擎凝視著徐嘉年，敷衍一笑，「所以是你嗎？」

徐嘉年倒抽一口氣，一時有些無法接受這兩個人說的話。

「你……說的我不懂。」徐嘉年指向門口，「我想請你們立刻離開，這裡很危險，不是你們該待的地方。」

「為什麼很危險？」厲心棠歪了頭，「我倒覺得奇怪，怎麼一個人都沒有，外面還掛『包場，今天不營業』的牌子，你包場來這裡買醉嗎？」

徐嘉年走到門後，「請離開。」

闕擎瞥了眼門板，察覺到哪邊不對的開始環顧四周，低首看著自己腳下踩著的地板，儘管光線昏暗令人有點視線不清，但他還是隱約瞧見了端倪。

「該不會你在等她吧？」闕擎突然質疑徐嘉年，「你也知道她的怨魂未離嗎？」

「咦？」厲心棠嚇了一跳，「你看得見？」

徐嘉年臉色陣青陣白，握在門把上的手又鬆了，「在胡說什麼，我……」

「你這是準備好的啊……哦，所以才支開其他人啊！你是不是連她成了厲鬼在追殺人也都知道了？」闕擎逕自推敲，「這也不難，她的朋友都死了，新聞鬧這麼大，難得的是你竟然知道他們是被什麼殺死的。」

「所以你才怕我們出事嗎？目前是還好……」厲心棠深吸了一口氣，「死亡過程太痛苦，她忘了自己是誰，也忘了誰殺了她，我們是幫她尋找生前足跡的人。」

徐嘉年笑了起來，「居然還有這種職業？」

「也不是啦，當打工。」厲心棠還有空回他，「所以動手的是你嗎？」

徐嘉年冷笑一聲，不打算正面回答，他悠哉悠哉的坐回沙發上，為自己倒了酒。

「外面冰箱有飲料，想喝可以去拿。」他說得一派輕鬆，挪挪桌上的菜，「我點很多，一個人也吃不完。」

這是U字型的沙發，徐嘉年坐在正中間面對的電視，闔擎拉過厲心棠，讓她坐在徐嘉年左側的沙發，別站在這包廂舞池空地，接著自個兒也坐下來。

「所以是你殺的吧？法醫發現她舌骨有裂痕，應當是先被掐死再吊上去的，而你在廢車場的豐田裡，也證實有血跡，當然還在驗。」驗DNA可沒有影集裡演得這麼快。

「你們不是能跟她溝通嗎？她怎麼說？」徐嘉年夾了口菜，「等等，先別講，讓我猜……」

他停了下來，不是因為在猜測，而是因為電視裡，出現了閃爍與扭曲，讓MV裡的女主角臉部跟著扭在一起……厲心棠嚴肅的蹙起眉心，她感受到了，鬼大姐來了。

沙沙……電視畫面越來越扭曲，雪花畫面越來越多，徐嘉年停在半空的筷子

微顫，但他還是繼續吃了幾口，才放下筷子。

「多近？」闕擎低聲問向坐在裡面的厲心棠。

「已經來了，一樣有怨氣，但是……」她闔眼感受，「比較多的是茫然。」

一種未知與不解，她從蔡瓊燕身上感受到這樣的情緒，但是基本的恨與怨是存在的，因為她知道，他們找到的男人就是知道她死因的人。

厲心棠默默瞥了眼徐嘉年的右手，他的虎口上，的確有顆痣。

『為什麼要殺我？』

聲音突然從電視裡冒出，那扭曲的灰色畫面裡，出現的是蔡瓊燕那已經變得醜惡的臉龐。

徐嘉年愣在當場，他直視著電視螢幕，像在辨認裡面那個根本不像人……的

燕子？

「呵呵……呵呵呵……」

豈止面目全非，五官幾乎都已糾結在一起，血紅雙眼加上腐爛的肌膚，這麼醜陋的女人居然是他曾經付出真心的女人……徐嘉年笑了起來，對著電視舉杯。

「我真沒想到會用這種形式再見妳，來，敬妳。」他舉杯向電視，接著一口乾掉。

這徐嘉年心也真大啊，厲心棠緊張得喉頭緊窒，但還是力持鎮靜，瞄向電視，歌曲的播放變得斷斷續續加走音，而蔡瓊燕下一秒就自然的從電視螢幕裡鑽了出來。

不怕，厲心棠絞著雙手，只要不是爬出來的都沒關係！

「妳記得他嗎？」闕擎率先開口，「徐嘉年，妳之前跟他住在一起。」

蔡瓊燕死死瞪著徐嘉年，終於點了點頭。

「我們在這裡……對唱過情歌……」她回首，看著這間包廂記憶漸漸浮現。

「對，妳老公也在。」徐嘉年接了口，「那個妳跟我說的那個，死掉的老公。」

「鬼大姐，妳說妳前夫死了！」妳跟每個人都這樣說！」厲心棠提起這點就不滿了，「結果妳丈夫不但活得好好的，跟妳甚至沒有離婚，不能算前夫！」

蔡瓊燕明顯的不滿，她瞪向厲心棠，彷彿她說了什麼令人厭惡的話。

「那種能算丈夫嗎？在我心裡，他活著跟死了差別不大。」蔡瓊燕說得大言不慚，「但我好像很在意你啊……」

你，是指徐嘉年。

「是嗎？」徐嘉年搖了搖頭，「妳這輩子只看得見妳自己吧！妳連孩子都不在乎！」

蔡瓊燕咬牙切齒，忿怒的就要衝上前！

「鬼大姐！」厲心棠及時大喊，「妳先冷靜，我們簽過約的記得嗎？找到殺妳的凶手？找到妳是誰……妳的足跡？」

蔡瓊燕忿忿的看著迎視她的徐嘉年，這個男人……這個男人她是知道的！就是那個很溫柔的男人，待她非常的好，會爲她照顧吵死人的孩子、做家務、洗手做羹湯的人。

可圈可點，她怎麼捨得放？

所以她依賴他，什麼事都跟他說、跟他分享，甚至不惜住進了他的家……就是他親暱的爲她戴上那條星月項鍊，那是他們的定情之物！

「他利用我！是你拿走了我的錢！」蔡瓊燕像是想起一切似的，「是你殺了我，還把我的鍊子跟錢拿去給另一個女人！」

「思鳳是個好女人，妳永遠比不上的好女人。」徐嘉年眞是想起來一切似的，「是你殺了我，還把我的鍊子跟錢拿去給另一個女人！」徐嘉年眞是擅長激怒厲鬼，

「但很遺憾，我跟她不是情人關係，給她項鍊，純粹是因爲她比妳值得。」

哇、塞！連闕擎都嘖嘖稱奇，其實他想自殺是嗎？

「比我值？你曾經是很愛我的！」蔡瓊燕發狂的怒吼，「你打我……你推倒

我……你……」

蔡瓊燕痛苦的抱著頭回憶，太多影像在面前閃現，她一點一點就要想起來了。

「我最後悔的事，就是愛上妳吧。」徐嘉年不動聲色的看著屋子的角落，這兩個學生樣的人很敏銳，他的確在等蔡瓊燕來。

他是有備而來的。

「鬼大姐，妳說過，那個男人虎口有顆痣。」厲心棠指向徐嘉年的手，「他的手上，的確有……是他嗎？」

徐嘉年正擎著杯，虎口上方，明明確確有顆痣。

蔡瓊燕記得她被狠狠搧了一巴掌，整個人撞上沙發、再撞到桌角，進而倒上了地！然後她痛得撫向後腦勺時，摸到了一把鮮血，那瞬間不是痛、而是怒不可遏，急得想跳起……她不記得自己有沒有跳起來！

但是她記得那帶有痣的手逼近，一個人的重量就壓在她身上，死死掐住她的頸子，她掙扎著、揮舞著，像在空中抓著求生機會，然而她再醒來時，自己已經是徘徊在林投樹林的一介亡魂了。

厲心棠趁機把從王思鳳那兒拿回來的項鍊，放在桌上，靠近蔡瓊燕的面前。

隔著那張桌子，蔡瓊燕與徐嘉年對視著，她看到項鍊時，淚水卻滾落，往事

歷歷在目……她悲傷又忿怒的嘴角顫動。

「我想起來了！」蔡瓊燕正首，看向了徐嘉年，「我想起來我是誰了──」

在杳無人煙的半山裡，有間平時該是簡單的練歌坊，這晚月黑風高，附近塞氣滲人，方圓數里內的魍魎鬼魅都不敢靠近，因為這兒有位屬鬼殺氣騰騰、戾氣凶狠，別說生人勿近，亡者都不敢貿然接近。

那是具林投女屍之靈，她正幽幽的訴說自己悲楚的一生。

她生來有副姣好的容貌與身材，很早就墜入情網，初嘗禁果後便懷孕，不到十六歲就準備當媽媽；她不知道自己母親是誰，父親一直住在監獄裡，她是由姑姑養大的，但是姑姑嫌她是負擔，根本不怎麼待見她，懷孕之後更是被辱罵，但那時的她無所謂，因為她覺得有可以託付一生的人。

結果那個大學生男友避而不見，派他的父母前來叫她墮胎，因為那個聰明男友有著美好未來，不能葬送在她與孩子之手……她以為可以託付的男人連她墮胎時都沒有出現。

但姑姑趁機趕她出家門，她覺得被全世界拋棄了，世界上只有自己能信任，

所以她離鄉背井找工作，不過高中都沒畢業的女孩能做什麼？她幾乎只能靠身體與美色掙錢。

但所幸她就是有比他人優秀的青春本錢，許多人喜歡她、追求她，只要對她好，她就輕易能愛上對方，尋求一個依靠；二十歲那年，她遇上了老實忠厚的朱盛元，他又笨又拙，但是會因為她隨口任性的討要一個東西，拼命加班打工買給她。

會因為三更半夜看完劇的她，隨口說要清晨荷露，真的在暗夜到荷花池去等待採摘，這樣的男人打動她的心，所以她選擇與他結婚。

日子是平淡且幸福的，但凡她想的，盛元都會竭盡全力買給她，雖然是工人，但是工人薪水並不低，只要他拼命加班，一樣能讓家裡過好日子；婚後一年老大出生了、再幾年之後是老二，但老二出生後……錢就不夠用了。

盛元住在工地，因為他必須加班，全年無休，所以他很少回家，但養兩個孩子的開銷太大，就算拼命加班也不夠，這些哪夠她花？眼看著老大五歲，連幼稚園學費都有問題時，她怎麼辦？

這時更慘的是，丈夫因為過度疲累，從鷹架上摔了下來，當場死亡，家中就此失去經濟支柱。

蔡瓊燕的哽咽聲幽幽，但是鬳心棠眉頭皺到都快黏在一起了，她是在說什麼？朱盛元活得好好的，還去認她的屍下來了啊！誰掉下來了啦！

爲了支撐這個家，沒專長的她，只能回到老本行用身體賺錢……每每告訴自己，這都是爲了這個家，爲了孩子，錢不夠時她就設法借，有一次，輾轉問到了那天在這裡唱歌時，留下聯絡方式的徐嘉年。

「他對我很好，眞的很照顧我……也照顧孩子，所以我才搬去跟他一起住。」

蔡瓊燕淚眼汪汪的看向徐嘉年，「但誰知道這一切都是假的！」

「切！」徐嘉年冷笑出聲，又倒了杯酒。

「他說我可以開店，還幫我找了店面……資金不夠我們想跟銀行借，又沒有抵押品，所以我就找了方瑋茹他們，他也說找同事設法，他借到三十萬，卻一毛都沒拿給我！」蔡瓊燕開始變得激動，發紫的手指向徐嘉年，「不但不給我，最後還偷走了我的錢！」

「我爲什麼要給妳錢！那些也都是我同事的血汗錢！」徐嘉年好像沒在怕的，跟蔡瓊燕嗆起來。

「那是要投資的錢，你說過要讓我開店的！」蔡瓊燕從說話變成吼叫，「搞半天你是想騙我的錢！我直到存摺不見才發現──」

她翻遍了家裡沒找到錢，而徐嘉年卻一副沒事的樣子坐在沙發上看電視，她發狂的問他為什麼不幫忙找？他是不是知道錢在哪裡？她轉身衝去找他的隨身皮包——那瞬間，他起身推開了她，還奪走包包揹在身上。

她便知道，存摺印章他拿走了。

他想要騙走她所有的錢……所以她生氣的衝上前要拿回自己的東西，最後被推倒……蔡瓊燕看著徐嘉年，她都想起來了！是那張臉……凶狠的打她、推她，直到她倒地！

她放聲咒罵的不會放過他，要爬起來繼續奮戰時，他人就壓了上來，雙手掐住她的頸子……蔡瓊燕開始撫上脖子，好痛……不能呼吸，沒有空氣的痛令她發狂的想掙扎求生，但是漸漸的失去了力量。

在一陣風中，她聽見最後喀噠一聲，她就什麼都不知道了。

七坪大的包廂裡，吊死在林投樹下的枉死鬼，悲傷的訴說她的人生與足跡，在痛苦與欺凌中長大，命運並不待見她，使她一再的遭受背叛，好不容易握有幸福卻轉眼成空，再遇上一個男人對她騙財騙色，甚至還殺了她。

這完全就是某個林投樹的傳說吧……厲心棠嚥了口口水，如果，那個前夫真的死掉的話。

「來了！」厲心棠哆嗦著。

「我要把你的頭擰斷，讓你感受被掐死的痛——」蔡瓊燕雙手打直，衝向徐嘉年，對準的就是他的咽喉！

對……對準的是咽喉啦，但是她好像需要再前進一點？可是當蔡瓊燕往前幾寸時，立即就被無形的東西反彈。

「呀！」蔡瓊燕的尖指碰觸到了某樣東西，強大的反彈力將她向後彈，她跟蹌退後到舞池中間，不解的看著自己已經長滿利爪的手，「什麼！？

闕擎挑起一抹笑，「我就說，你在等她嘛！全部都設置好了。」

「咦咦？什麼什麼？厲心棠丈二金剛摸不著頭腦，扯了扯闕擎的衣袖。

「花了一筆錢，求得一些有用的法器跟陣法，聽說可以暫時鎖住魍魎鬼魅。」

徐嘉年冷冷笑著，「蔡瓊燕，妳真敢說，妳一輩子都在說謊，最後連自己都騙了嗎？」

「渣男！」蔡瓊燕怒吼著再次撲前，卻二度撞擊到無形的牆，再度彈回。

這看起來好有效啊！厲心棠下意識的退後兩步，好跟徐嘉年在同一水平線上，如果他剛剛不要用「暫時」這兩個字的話會更好。

「大姐，朱盛元是妳丈夫，他沒死，孩子也摟著他叫爸爸，妳怎麼說？」闕

擎不慌不忙的問起蔡瓊燕來了，「還有，樹下埋的那具嬰屍呢？」

蔡瓊燕依舊是盛怒姿態，「我丈夫已經死了！那個男人……我不認識！」

「果然連放都不放在心上啊，他是老實人，妳把他迷得神魂顛倒，拐他在工地全年無休賣命賺錢，就爲了讓妳奢侈花費。」徐嘉年一字字說著，「我跟朱盛元中間隔了很多朋友，眞的不熟，我才會被妳所騙，什麼丈夫死了，只是半年見一次罷了！」

那個騙財騙色的男人，跟著說起了自己的版本。

事情是從蔡瓊燕借錢開始，她哭著丈夫已死，無法生活，還說想抱著兩個孩子自殺，徐嘉年當晚就殺去她家，深怕她會做傻事；她說知道這事的人不多，丈夫的死她不想聲張，葬禮已經簡單辦過，如何打算明天才是重要。

所以對她有好感的他，便開始照顧她，愛屋及烏，也喜歡她的孩子，被依賴感覺很好，而且他本來就是個擅長照顧人的人；沒有兩個月，他就與蔡瓊燕擦槍走火，確定了情人關係。

「妳說兼很多工作，都是朋友介紹妳打零工，我不疑有他，甚至爲了能照顧妳，讓妳搬來我家住，孩子我來顧。」徐嘉年苦笑著，像是在笑自己蠢，「結果妳工作的地方都是假的！我一個個找，每一間店都說根本沒這個人！」

「她在理容院工作吧？」厲心棠小小聲的說。

「命案發生後我有想過，應該是如此吧……但我只知道妳騙我！開服裝店也是藉口，要我去跟同事借錢，大家真的不疑有他的慷慨借我。」徐嘉年毫不懼怕的問著蔡瓊燕，「然後我卻看見妳跟德哥在車上吻得難分難捨！」

「我……我是被強的！」蔡瓊燕回以怒吼，她是被……

是嗎？方瑋茹說他們喜歡她，如果有關係就能要到更多的錢，她趁著喝酒時故意貼近昌仔，或是偎上德哥，果然一個一個都上勾……只是昌仔要給她五萬時，擺明了叫她脫衣服，她才比計畫更早的上他的床。

「我查到了所有事，妳從沒一句實話！我根本也不會相信妳想開店，我發現妳又買了名牌包跟新的化妝品，那鐵定是妳跟方瑋茹他們拐的投資金！」徐嘉年深吸一口氣，「我怎麼可能揮霍我同事的錢，更何況那還是我去借的！」

他保留借來的錢，甚至找到了她的存摺，折斷提款卡丟棄，再偷走印章跟存簿，不讓她再這樣花錢！瞞得了一時，要怎麼瞞一世？這是詐騙啊！

「不不……不是這樣！欠錢的人是你，是你利用我……」蔡瓊燕還在掙扎，

「不然你為什麼殺了我！」

「我想問，孩子到底是不是我的？」徐嘉年咬著牙一個字一個字的問，「不

是的我也認了！我疼，孩子無辜，我可以視如己出，但是妳居然爲了錢——」

爲了錢怎樣？厲心棠緊張的揪緊胸口。

鬼大姐眞的沒一句實話，她就是在不純的阿夏理容院上班，用化名是因爲羨慕陳云眞的生活、騙大家前夫死亡以博取同情，連要好的朋友一起騙！還敢說什麼因爲死了才沒開成店，她從頭到尾沒打算開店啊！利用身體籌碼擁有眾多情人，就爲了索取金錢，卻對他們說她是被強迫的！

鬼大姐⋯⋯自己到底知不知道眞相是什麼？

第十二章
水落石出

「孩子……！孩子！我管他什麼孩子！」蔡瓊燕根本不想提不重要的話題。

「你拿枕頭悶我孩子，威脅我把存摺交出來！」徐嘉年突然暴怒，「妳多用力啊，用力到我們都還沒談判成功……他就沒聲音了！」

是嗎？蔡瓊燕彷彿有這樣的記憶，她壓著枕頭，下面是小小的孩子，對……

她坐在床邊，指著緊閉的門口怒吼：『你想進來，就先從門縫下把我的存摺與印章遞進來！』

她氣忿難平的尖叫著，左手不自覺使了勁。

『拿存摺換你的孩子！我跟你說，孩子我沒在稀罕的，我要生幾個都有！』

『妳瘋了嗎？那是我們的孩子！』徐嘉年在門外拼命敲著門。

『妳這喪心病狂的女人！』徐嘉年開始撞門，她詫異的看著震動的門，不敢相信一向溫柔的徐嘉年會這麼粗魯。

門把一被打掉，門就能輕易被撞開，徐嘉年跟蹌的衝進來，蔡瓊燕嚇得跳起後退，虛張聲勢的不許他亂來，誰讓徐嘉年的眼神看起來像要把她殺了似的。

徐嘉年慌張的挪開枕頭時，孩子卻已經不動了。

她辯駁著不可能，她沒壓多久，孩子剛剛還在哭、還在掙扎，徐嘉年怒不可遏的抱起兒子想衝去醫院，卻在他頭垂下的瞬間理解到來不及了。

因為，孩子是被蔡瓊燕壓到頸骨折斷，並不是悶死的。

看著嬰兒的頭不正常垂掛，徐嘉年的理智線瞬間斷了。

但是，蔡瓊燕永遠比他更凶狠。

她先聲奪人，責怪是他犯的錯，如果他不偷她的存摺、印章，孩子就不會死！是他不交出來，才逼得她用孩子威脅，才害得她失手折斷孩子的脖子。

徐嘉年還是要帶孩子去看醫生，蔡瓊燕自然竭盡全力阻止，這要是被警察知道，她不就等於過失殺人了！他們最後在門前爭執扭打，徐嘉年最後忍無可忍的揍了她，再推倒她。

「等我回過神來時，她已經不動了。」徐嘉年看著自己的雙手，「我連我什麼時候壓上去，掐死她的我都不知道。」

情緒失控的犯罪最常見，尤其歷經背叛以及孩子死亡，徐嘉年的反應並不奇怪。

但蔡瓊燕的反應才是莫名其妙。

「鬼大姐，妳用謊言編造人生，連自己都騙到底嗎？」闕擎倒是不客氣，「親手殺死孩子，騙財騙色的是妳吧！」

「我不是——」蔡瓊燕凶狠的衝著他們吼，「你們現在跟他是一票的是吧？

我才是最可憐的那個……今天就算我做錯什麼，也都是他逼我的！」

噢噢，厲心棠唉呀了聲，「都是They的錯！」

「沒有人愛我，我只能愛我自己！這有什麼錯……都是他，就這樣掐死我，

我才二十八，你就殺掉我，卻還想過爽爽的人生！」蔡瓊燕又再轉變，她變得更

大隻，力量也在增幅，「下地獄去吧！」

她再度瘋狂衝向徐嘉年，這一次，厲心棠清楚看見徐嘉年面前那堵無形的牆

震動了一下！

厲心棠被嚇得跌坐在沙發上，闕擎也下意識後退了一步，果然是「暫時」的。

「打開雷射燈！」徐嘉年大喊著，厲心棠抬頭一看，沙發旁的牆壁有個開

關，立即爬上去打開。

舞池上方俗豔的雷射燈果然開始閃爍各種燈光，投射出的卻是各種咒文……

哇，原來已經設置好了啊！

「我想解釋一下，徐先生。」厲心棠看著蔡瓊燕的衝撞，認真的說著，「以

她現在這個形態啊，那些基本版的咒文結界都是沒有用的！」

「我不怕，整個房都是陣，只要陣不破，我就不怕她！」徐嘉年凝視著那個

滿臉腐爛的厲鬼，「或許，這才是妳真正的模樣吧，爛到骨子裡的樣子，只是被

美麗的皮囊包裹著。

「問題是她如果在這邊跟你耗一天呢？」厲心棠啞然失笑，「她不會餓我們

會餓啊！」

「白天……」

「誰告訴你白天她就會走的！只是力量比較小而已……厚！」厲心棠立刻傳

授知識，「鬼一直都在，只是在於你看不看得見而已，看不見不代表不存在！」

尤其這種厲鬼，她最好會走啦！

「你殺了我！你殺了我！」蔡瓊燕一邊歇斯底里的大吼，一邊衝撞著結界，

雷射燈上的符咒果然對她起不了太大作用。

關擎觀察四周，看來唯一有用就是這個陣，只要不破的話。

刷，一個人突然從電視後的窗戶冒出，率先看到的厲心棠失聲尖叫，「哇

呀——」

突然出現的男人朝著裡面揮手，在大家反應不及之際，直接開了那扇大家以

為不能開的逃生門。

「徐先生喔！不好意思！」男人笑吟吟的端著一鍋湯進來，「我老婆說謝謝

你包場啦，所以另外燉了一鍋湯給你喝！」

只要這個陣不破，厲鬼就進不來！

大哥啊啊啊……男人才剛放下湯，突然就打了個寒顫，接著頸子一陣涼……

有那麼幾秒，或許他可以感受到自己溫熱的血液，滑下了自己的領口。

蔡瓊燕拔起了老闆的頭顱。

鮮血頓時四濺，連徐嘉年都跌坐上沙發了！蔡瓊燕粗爆的將人頭往角落扔

去，老闆瘦弱的身體直接倒了下去。

「呀──」厲心棠掩住臉，她滿臉也都是鮮血。

太可怕了，她甚至還沒看清楚，老闆的頭就這樣被拔下來了！

徐嘉年毫不猶豫，轉身奪門而出。

「闕擎！」厲心棠轉頭，看向八風吹不動的闕擎。

「簽約是幫她找到足跡，現在找到了。」闕擎聳了聳肩，「其他不關我的

事。」

厲心棠瞪目結舌，「你現在是要見死不救嗎？」

「誰規定見死就一定要救！」闕擎理所當然，「我跟他沒有法律的關係，不

救不犯法，現在去阻止一個殺紅眼的厲鬼，太愚蠢。」

厲心棠完全無法接受，轉身跟著衝了出去。

看著眼前那熱騰騰的湯，闕擎起身舀起湯來看著，殷紅的血瀰漫整個湯鍋，

他笑著搖頭扔下湯匙。

「真是可惜了這鍋湯。」

衝出去的徐嘉年在黑暗中摸索，明明沒兩步就能出去的鐵皮屋，卻突然變得

有點難走，他分不清方向，或是……誰不讓他離開這裡？

「不要亂跑！」厲心棠追了上來，伸手往旁邊的電燈開關按去，意外的燈居

然亮了！

只是這一亮，卻只是更加讓人心慌。

因為明明只有從入口進來，不過兩個小轉彎的鐵皮屋，現在眼前卻有無盡的

轉彎與包廂，他們彷彿站在多面鏡前，重複的場景與道路包圍著他們。

回身，那是一間寫著「歡唱」的包廂。

『你怎麼能以為……你們可以好好過日子？』聲音來自厲心棠後方，她嚇得

「這是我要問妳的，妳只為了妳自己可以好好過日子！」

「大哥！大哥！」厲心棠懇求著，「我們可以不要激怒鬼大姐嗎？」徐嘉年用顫抖的聲

音哭喊著，「妳糟蹋了每個真心愛妳的人！」

「有差嗎？」徐嘉年冷笑著，眼角滑落淚水，「她生前死後都是如此，我早

就有心理準備了。」

「我沒有啊！」厲心棠才在喊著，面前的包廂們竟磅的打開，「呀——」

眼前這間也叫歡唱，這真的是無盡複製耶！

緊接著骨牌效應似的，所有包廂們全部敞開大門，這間練歌坊也才六間包廂，現在放眼望去幾十間似的，他們前後左右都是漆黑的包廂與敞開的門，天曉得蔡瓊燕會從哪邊出現？

「鬼大姐，蔡瓊燕，我們在百鬼夜行簽的約，是找出妳的身分、人生足跡以及殺妳的凶手，但妳不能動手再殺人了！」厲心棠還在喊話，試圖護著徐嘉年，

「徐嘉年做了什麼都必須依照法律，妳不能再殺下去了！」

徐嘉年雙腿打顫，他早就知道自己逃不掉，也沒打算逃，只是……沒想到燕子連死後都未曾覺悟。

她連殺死他們的孩子都不在乎啊！

敞開的包廂門帶給他們未知的恐懼，但不管他們原地繞了幾圈，就是沒有任何一扇門裡有東西衝出來……因為，蔡瓊燕正居高臨下的看著他們。

她懸在上方，那上吊的繩子終於垂下，自徐嘉年後頸掃過。

「咦？」徐嘉年顫了身子，緊張的回頭，「哇啊！」

一抬頭便見到蔡瓊燕那猙獰模樣，他嚇得踉蹌，但繩尾旋即圈了起，就要繞住徐嘉年的頸子——厲心棠飛快抓住繩子，用身體撞開了徐嘉年，同時左手投擲出那個氣泡球！

喝！蔡瓊燕認得那東西，轉身想逃，卻瞬間又被氣泡球包裹！

「放我出去——我警告過妳，不許再用這種東西限制我！」蔡瓊燕發狂的撞著氣泡球，「我要撕碎這個毀掉我人生的人！」

徐嘉年淚流不止，悲傷的看著那個已經不像他愛的那個女人的厲鬼，「是妳毀掉我的人生吧！妳毀了多少人啊，蔡瓊燕！」

那小小的，只會笑著的嬰孩都沒放過不是嗎！

「大哥！」厲心棠激動的回首，「你少說兩句吧，我拜託——」

啪嘰——餘音未落，迸裂聲旋即傳來，厲心棠戰戰兢兢的緩緩正首，看著飄浮在空中的氣泡球，居然裂開了！

等等，沒有用嗎？是因為她太厲了？所以氣泡球擋不住了？叔叔使用說明沒有這條啊！

「走……走！」厲心棠向後推著徐嘉年，雖然她根本不知道能跑去哪裡！

但徐嘉年已經腳軟，又帶著赴死的心，絕望的他難以動彈，而上方的氣泡球

轉瞬炸裂，沒有碎片，只是宛如肥皂泡泡般在空中消散，殺過來的就只有蔡瓊燕了！

隻手欲先扣住徐嘉年擋在前方的厲心棠，她倒抽一口氣，腳動不了啊！

黑色的身影飛快奔來，乾脆的介入厲心棠與蔡瓊燕之間，厲鬼那雙尖長的利甲，就在闕擎的眼睛前。

「不要以爲我不會對你們——」蔡瓊燕上一秒還在咆哮，聲音卻突然卡住，

「呃……」

闕擎昂首凝視著蔡瓊燕，對眼珠前的利甲毫不畏懼，只是專注的看著她腥紅雙眸……蔡瓊燕突然發顫，她感受到自己不能呼吸，彷彿回到死前的時刻。

天哪，頸子很痛……她拼命的掙扎，恐懼與痛楚包圍著她，她明明已經死了，爲什麼還會持續感受到死前的痛苦？

「不——」她抓狂般的抓起闕擎，直接就往旁邊扔，闕擎自是措手不及，撞上包廂外的牆又反彈落地！

「咦？」厲心棠緊張的才想上去察看，但下一秒手臂的刺痛直襲來，「呀——」蔡瓊燕攫住她的手臂，將她提拎離地，五隻指甲都刺進她的上臂，厲心棠覺得她的手臂要被刺爛了！

她痛得大叫大哭，卻硬被提到蔡瓊燕的面前，離地至少三十公分，闕擎撫著胸口才轉過來，狼狽的躺在地上，他肋骨骨折，覺得有些難以呼吸。

「我是不是說過，不、不、許妳再用那個東西困住我——」

不要！好痛……厲心棠哭了起來，「可是妳已經失控了啊……好痛喔！」

刹！啪噠～啪噠……彷彿有某種振翅聲響，緊接著一抹影子伴隨著強大的力道自徐嘉年後方衝至，直接狠狠的撞開了蔡瓊燕，將她向後撞飛，而厲心棠旋即落下！

但她沒有摔落，而是被溫柔的力道穩安接住。

沒有人來得及看清楚他怎麼出現的，但一位成熟俊美的外國男子，就這麼現身，一手還摟著哭泣的厲心棠。

「……好痛喔！」厲心棠撫著自己的右臂，疼得咬牙。

但殺氣騰騰的蔡瓊燕並不打算就此罷手，她忿恨的瞪著厲心棠，不懂這個出現的礙事者是誰？還有他們擋著的……徐嘉年！

她一眨眼消失，厲心棠嚇得顫動身子，徐嘉年！

徐嘉年下意識的四處張望，立即看到就近包廂裡衝出的蔡瓊燕！

但她才衝出包廂，頸子上的繩子尾端突然主動向上，將她整個人往上扯，好

整以暇的吊上了鐵皮屋上方的鐵樑。

「啊！什麼……放開我！」蔡瓊燕在繩子上掙扎著，那繩子更加深切的割進她的頸子裡了。

徐嘉年終於嚇得跌坐在地，仰首看著那瘋狂的亡者，卻覺得悲傷。

鐵皮屋裡的燈熄滅，兩秒後再重新亮起時，是正常的光線，而且空間不再是無限重複的包廂通道，而是非常顯而易見的道路，兩步後左轉、再一個右轉，沒幾步路就能離開這裡。

「有話好好說，動什麼手？」

從入口處傳來輕鬆的聲音，還帶著點慌惜，男人轉進他們所在時，甫從地上由躺轉為坐的闞擎，只覺得無奈。

還真的不換衣服，那一身古風飄飄，今天手上還加把扇子，是出外景嗎？

「叔叔！」厲心棠咬咬唇，往旁看向闞擎，「你沒事吧？」

「有事。」闞擎壓著肋骨。

叔叔身後跟著西裝筆挺的瘦弱拉彌亞，她帶著微笑，但眼睛裡完全沒有笑意，優雅的走到掙扎的蔡瓊燕面前，自手上拿出一本黑色的本子。

「蔡瓊燕小姐，那天來到百鬼夜行，多有怠慢，但現在為您量身打造了最新

方案，有沒有興趣聽聽？」拉彌亞打開協議夾，長長拖地的馬尾巴突然變得硬

挺，能支撐她整個重量似的，將她往上抬到與蔡瓊燕齊高。

「你……你們……」蔡瓊燕難受得咬牙，好痛……她沒想到，死後還是會感

受到這種痛楚。

她瞪大的眼看向拉彌亞攤開的方案，上頭寫的是……

「地獄方案」。

「誰准許妳碰我們的人？」拉彌亞逼近蔡瓊燕身邊說著，嘴角吐了舌信。

下一秒她的長尾離開支撐的地面，疾速層層捲上蔡瓊燕的身體，沙剎一聲，

就把她活活從繩圈上撕扯下來——身體拋向了誰都看不清的方向，背景只有她悽

屬可怕的慘叫聲，然後是繩圈裡掉下來的頭顱！

「啊！」徐嘉年以手代腳的慌忙後退，卻沒有以為的頭顱落下來。

他再抬頭一瞧，上面哪有什麼厲鬼、哪有什麼繩圈，甚至沒有那個西裝的女

人，或是奇怪古裝造型的男人。

驚恐的朝左看去，外國男子也已消失，只見廟心棠撫著右臂，蹣跚的走向依

然靠著包廂牆壁、臉色難看的闕擎，也頹然的坐了下來。

「怎麼……什麼……」徐嘉年慌亂的爬了起來，他原地繞了好幾圈，以便達

到最佳效果的環顧四周，整個練歌坊裡除了他們三個之外，什麼都沒有！？

接著他衝向自己的包廂中，一進門就驚嚇的看見角落中老闆的頭顱，湯鍋旁的斷頸屍首，證明了剛剛在裡頭的一切不是夢。

他再度衝出，跑到厲心棠面前，滿臉的疑惑恐懼與不明所以。

「報警吧！我手機掉裡面了。」厲心棠可憐兮兮的說著，「叫個救護車，他肋骨斷掉不能動了。」

徐嘉年呆然的望著他們，像是石化般沒有動作，厲擎實在是連呼吸都痛得難受。

誰斷掉啊？厲擎覺得只是骨折，但還是很痛，不想跟厲心棠多解釋。

「報警！」他又低吼了一聲。

「喔，好好……」徐嘉年這才回神的趕緊拿出手機報警，他腦袋一片混亂，但是……剛剛幾秒鐘前那些是什麼？

燕子的確是成了厲鬼要殺他，學生們也受傷……

「謝謝。」放下電話後，厲心棠由衷感謝，「如果你要逃的話，我不會阻止你。」

「我沒什麼好逃的，」徐嘉年抹去臉上的淚痕，吃力疲憊的也在他們對面盤

坐下，「問心無愧。」

「呵……好一個問心無愧。」闕擎有種他與蔡瓊燕還真配的感覺。

「那當然！」徐嘉年劃上一個淺淺悲苦的笑容，「因為我沒有殺她。」

其實打從一開始，蔡瓊燕就是個只愛自己的女人。

因著先天良好的條件，樂於接受男人的追求與供養，她也不吝惜回饋，對她而言，她的本錢就是那張臉跟婀娜的身材，大家各取所需，沒什麼不好。

但她也知道，有一天年華會老去，她還是得找個依靠；男人眾多的她，覺得太帥不行、有錢不行、逞凶鬥勇不行，還是忠厚老實一點好，尤其要非常非常的愛自己。

所以她挑上了朱盛元，一個單純憨厚的老實人，為了她上山下海都義無反顧，隨口一句話他都會當真，當他為她去採集清晨荷露那天，她就知道這會是個最好的丈夫。

她嫁給了他，她只想過貴婦的生活，不停的撒嬌、要東西，丈夫都會拼命為她達成，他開始疲乏時，她就為他生一個孩子，以「家」為理由，叫丈夫去危險

性較高的工地，以賺取更高的工資，最好都住在工寮，沒事不要回來。

動不動就趁兒子睡覺時伴裝他生病、發燒，讓丈夫覺得自己一天都不能怠

工，這樣除了大節日外，他幾乎就不會回來，她也就能過自在的生活⋯⋯扣掉令

人厭煩的嬰孩，小孩子眞的太吵太煩，她受不了那種哭聲，是他們逼她動手的。

但她漸漸的發現養小孩眞的很燒錢，還剝奪了她享樂的金額，所以她就乾脆

回理容院，人還是靠自己最實在，每日領工資時都會特別踏實，而且帶著孩子去

工作的地方，大家還會輪流幫她顧，再把自己說得可憐一點，辛苦的僞單身媽

媽，姐妹們還會幫她張羅尿布跟奶粉，這樣她能用的錢就更多了。

老二是不小心懷上的，但她也想再生一個，想逼朱盛元再認眞一點，避免他

想回家，找附近的工地工作，這樣她要怎麼玩？但是她如意算盤打錯了，過度勞

累讓丈夫出了意外，傷勢不重但在醫院躺了好些天，她去照顧一星期後，又回家

休養了一個月才康復。

這件事讓她體認到，人是有極限的，但是她卻愚蠢的生了老二，開銷更大，

丈夫賺的錢根本不夠讓她花銷⋯⋯但是，「善事」的錢很好拐，丈夫的意外給了

她一個靈感，她幫自己做了個人設⋯成爲丈夫去世，孤苦撫養兩個兒子的可憐

母親。

這真的非常好用，借錢非常順利，直到徐嘉年出現在她家門口。

那是個好男人，她也很喜歡他，所以才會選擇與他交往，才願意為他生孩子……如果孩子真是他的，但她也不在乎是誰的；他有著丈夫的愛與更加無微不至的照顧，在他懷中她能享受愛情，孩子在他的照顧下大家都能享受天倫之樂……但是，她還是更愛自己多一些。

她需要更多的錢，所以她繼續用身體賣錢、繼續與各種男人交往，成為他們的情婦、騙取投資金，男人幾乎都願意為她花錢……也願意投資善良的徐嘉年，她聽到他跟同事募到三十萬眼睛都亮了，但他卻不給她。

因為徐嘉年發現了她的謊言。

她的丈夫沒有死，她沒有離婚，她甚至跟昌仔及德哥有染……其實還有更多位，只是徐嘉年不認識，所以他不但不給她錢，還把她的存摺藏起來，打算還給被她騙錢的那些人。

原本徐嘉年打算偷偷帶三個孩子走的，但前一晚被她發現存摺消失，她以小兒子做要脅時卻失手弄斷了他的脖子，徐嘉年想報警時被她阻止，老大擋在面前時被她一巴掌打飛……最後徐嘉年竟忍無可忍也打了她，再想起自己的小兒子，便失手掐死了她。

「我知道我應該報警，但那瞬間我覺得爲這種女人葬送人生太不值，所以決定殺人滅屍！」雙手上銬的徐嘉年，平靜的在警局裡訴說一切，「我將她的屍體用毯子裹好、繩子綁妥，載到我們曾約會的海邊，那邊人煙稀少，我打算把她埋在那裡；我先埋了無辜的嬰兒，接著開始挖洞，埋屍眞的是件很累的事……要挖那麼大的洞，眞的很累。」

「蔡瓊燕的另外兩個孩子呢？」

「跟著我，我不放心他們在車上，讓他們待在旁邊，騙他們說在跟媽媽玩特別的捉迷藏……放心，我沒讓他們靠近，那時是半夜，鋪張野餐墊，孩子們都睡得很沉。」想到孩子，徐嘉年淺淺笑著，「她的孩子眞的很可愛，這半年來我們相處得非常愉快，孩子身上終於再也不必有傷痕了！」

警方一怔，「蔡瓊燕家暴？」

徐嘉年點了點頭，「哥哥已經大了，你們可以問他，他有記憶以來就是被打到大的，沒有任何理由，燕子高興也打，不高興也打，弟弟也是一樣，所以我會護著他們。」

警方紀錄下來，這的確需要跟孩子求證。

「請接著說。」

徐嘉年喝了一口茶，舒緩心情。

「我把燕子埋進去後，開始蓋土，但因為挖得洞有點小，所以最後必須把她的頭再扭旁邊一點塞進去；我鼓起勇氣抱著她的頭，突然感到悲傷，我竟然愛上這樣一個女人。」徐嘉年將雙手拱起，做一個包握住，「黑暗的海邊，我也不知道哪裡來的勇氣，我跪在她頭頂的地方，捧著她的頭，最後一次吻她。」

吻屍，警察們也是見怪不怪，當一種道別吧！

「結果，我發現她還有脈搏。」徐嘉年下一秒語出驚人，「頸動脈的跳動非常明顯，再探向呼吸，她還活著。」

第十三章
各得其所

警方全體瞠目結舌，這劇情也太急轉直下了！

莞爾。

「她沒死？所以你並沒有掐死她？」

「沒有，我那時也嚇到了，原來只是掐暈！」徐嘉年現在回想起來，竟有點

「所以？」老警察撐起眉，「既然都埋到一半了，你乾脆一不作二不休——」

「那我就把她活埋或掐死就好，我為什麼要費時費力再把她吊到樹上？」徐

嘉年回答了老警察的說法，「我打算報警，結果這時她醒了，燕子當時身體被土

埋住，但傻子也知道發生什麼事，所以她即歇斯底里。」

發現自己要被埋起來，蔡瓊燕立即咆哮著指他想謀財害命、是個騙財騙色的

渣男，她那時就把他認定成一個心機重的男人，符合她死後認定的一切。

「既然她被埋著，不好行動，你要殺她太容易了！你手上有鐵鍬啊！」

「她身上不是沒傷痕嗎？」另一個警察反問。

是啊，女屍的身上除了吊死的痕跡，頭骨也沒有任何破裂……但是……

「這說不準，半年都爛了，如果頸部當時被割斷頸動脈，我們現在也很難查

吧？」另一名警察提出疑點。

「你們可以去查，有沒有血液反應，我相信現代科學能驗證，我只是在訴說

當天發生的事。」徐嘉年說得不慍不火，「總之，她那種潑婦罵街的模樣，我覺得幫她挖出來是自找麻煩，所以我跟她提出分手，說要把孩子還給生父，我就走了。」

「咦?·走了?」

「對，她不必花太久時間就能離開洞穴，我帶著鐵鍬，叫醒哥哥、抱起弟弟，就往車子那邊跑⋯⋯我想得很簡單，等她離開土穴，在路上攔車再到家時，我已經帶著孩子去找朱盛元了。」

面對這反轉的案情，所有人都驚訝得說不出話。

「但她在喊叫，孩子沒聽見嗎?」

「聽見了，所以我說我們跟媽媽玩捉迷藏!就這麼帶著他們回車上⋯⋯我一心急著想走，卻沒發現鑰匙掉了，結果哥哥說他有看見，我來不及反應他就折返⋯⋯」徐嘉年眼神很遠，想著那晚的一切，「那時弟弟被吵醒開始哭，真的是一片混亂，我焦急的要衝回去找哥哥時，哥哥已經找到鑰匙了，但那時卻沒有燕子的吼叫聲了。」

「她離開土穴了嗎?」

「天太黑，我看不見，我以為是她正努力的在翻動身子，沒時間理我們。」

徐嘉年深吸了一口氣，「總之，我沒有殺她，我離開時她還活著，我一直以爲她很快就會來找我算帳的……但是……」

這一等，就是半年。

「你剛說要帶孩子去找生父，結果這半年來，似乎都沒這麼做，爲什麼？」

「捨不得。」徐嘉年笑得慈藹，「我將他們視如己出，孩子也說不想去找爸爸，所以我們那天離開海邊後，我直接帶他們去遊樂園玩，玩了整整三天才回家……但沒人打手機找我，屋子裡也正如我們那天離開時一樣，蔡瓊燕沒有回來。」

「呵，怎麼可能！」徐嘉年失聲而笑，「我想躲她都來不及，而且我埋她前把她的手機跟物品都丟進海裡了，要聯繫也聯繫不到！一開始我帶著孩子去住汽車旅館，但半個月後，我開始覺得有問題了。」

「你沒有覺得奇怪嗎？或是主動找蔡瓊燕？」

一屋子瀰漫沉默，那晚在林投樹下，發生了什麼事？

「沒回去海邊看看？」

「沒有，沒必要，我不想面對現實。」徐嘉年誠實以告，「我隱約覺得有問題，但我不想去探查，我只想過一天算一天，帶著兩個孩子，讓他們擁有正常的

童年——直到林投女屍被發現為止。」

看到電視的瞬間，他都傻了，吊死的女屍，死亡半年以上？還穿著那晚的衣服，所以燕子那天根本沒離開海邊？

「所以你才開始逃亡」，帶著孩子睡在車上，連旅館都不敢去住，輾轉到了王思鳳家裡求救？」

「對，我是真的嚇傻了，最可怕的是新聞一拍到那片樹林，哥哥就指著樹林喊媽媽！」徐嘉年下意識撫著胸口，「我知道分別的時間要到了，我只是貪心的想再跟孩子多相處些時間而已。」

「也不過多幾天而已……最後你躲到山上卡拉OK去，又牽扯了老闆命案。」

警方邊說邊皺眉，這案子很多屍體啊。

「我說過，燕子不會放過我的，老闆是無妄之災，成為厲鬼手下的犧牲品。」

徐嘉年最終鬆了一口氣，背靠上椅子，「總之，事情經過就是這樣，我有沒有殺老闆，你們都可以採證；而我有沒有殺蔡瓊燕，沒有！」

「你知道……繩子上有你的DNA。」

「因為我綁著她載往埋屍點，上面自然有我的DNA。」徐嘉年老實交代，「或許還可以查查有沒有別人的……我其實也想知道，那晚究竟發生了什麼事。」

這麼誠懇……好人壞人雖然不能從外表判定，但是從口氣到眼神，徐嘉年都真的不像是凶手。

隔著雙面玻璃，厲心棠心情複雜的看著徐嘉年，他禮貌的再向警察要了一杯茶，感覺真的是個很好的人。

「繩子上的另一組ＤＮＡ，是蔡瓊燕的。」老警察站在她身邊出了聲，「尤其打結跟繩圈的地方都是。」

厲心棠詫異的看向老警察，「這說的好像是……她自己上吊的？不不不，我跟她打過交道，鬼大姐絕對不會自殺，她沒追殺徐嘉年就不錯了。」

「是啊，我也這麼認為。」老警察面有難色，「只怕迫不得已，就必須問問孩子了。」

厲心棠微微點頭，手機因鬧鐘震動，嚇得她趕緊拿起來察看，「噢噢，我得走了！真的很謝謝您！」

說著她認真一鞠躬，感謝這邊的警察相助。

「放心，這我們該做的！」老警察打開門，送厲心棠出去，「只是我怕最後終究是起懸案。」

厲心棠只能聳肩，張于萱或許可以歸咎於電熱水器的高溫意外，昌仔他們還

能說是意外，方瑋茹的案子警方是無法找到凶手的，恐怕只能成為懸案了。

至於蔡瓊燕的死，她也很好奇，不過她相信最後能水落石出的。

走出來時，王思鳳竟然在警局裡等待，手裡抱著一個飯盒，看見厲心棠時有幾分錯愕，但旋即劃上了微笑，頷首像是一種感謝。

這個王思鳳，對徐嘉年真的是真愛了。

「妳等等。」老警察突然走近一張桌子，拿起上頭的小信封。

厲心棠驚愕得瞪圓雙眼，僵在原地不動。

「以後用大一點的信封，這很容易掉的！」老警察來回翻閱著信封，「不過還能找人來通知，也算精明了！」

「通、通知？」厲心棠心虛的笑著，誰通知了？

「有個處理熱炒店命案現場的警察，遠到二十公里外的這裡，執著告訴我們一定要找封重要的信，不然我們一時還真的沒注意到這個。」老警察將信封丟回桌上，「說也奇怪，我們一找到，那警察就彷彿大夢初醒一樣，根本不記得他剛做過什麼事！」

闕擎！厲心棠立刻明白……熱炒店嗎？啊啊，那天他叫她找路過的亡靈感受一下時，先跑去哪裡了對吧？他難道去催眠現場的警察過來通知大家拆封匿名

信？

從她豐富多變的表情中，老警察都已經知道答案了，匿名信是她，催眠不是她，但她認識那個人……心情形於色的小妮子。

他也不需再多問，引領著厲心棠往門外去。

「感謝您願意相信我們的話。」厲心棠在警局門口，認真的朝老警察行禮。

「好啦！別多禮，我習慣了。」老警察無奈的笑笑，不忘指指右手臂，「快

走吧，小心點！」

厲心棠瞄著自己纏著繃帶的手臂，很痛，但也沒什麼大礙！她開心的跨上腳

踏車，「再見，章警官！」

她真的沒想到，A市的警察居然相信「厲鬼作祟」這種說詞，還說之前張于

萱案時他就覺得不對勁了，但對社會大眾，還是必須要有正當的說詞，這部分他

們會處理！重點是案子必須查清楚，人為部分必須做到勿枉勿縱。

腳踏車一路騎回「百鬼夜行」，下午兩點，今天依然是個高溫的豔陽天，厲

心棠心情卻無比輕鬆，因為闕擎今天出院！肋骨輕微骨折，幸好其他沒有大礙，

可喜可賀！

「我回來囉！」

厲心棠開心的跑進二樓，闕擎果然已經在那兒了，他還坐在柔軟的沙發上，

前頭的茶几又擺滿甜點下午茶，拉彌亞對他真好！

「怎麼了？」一見到她，闕擎也難得關切的問。

「徐嘉年真的沒殺鬼大姐。」厲心棠粗魯的把側背包往沙發上丟，「他只是

掂暈她，快埋起來時才發現她活著，他就帶著孩子跑了！」

闕擎真愣住了，蔡瓊燕當時沒死？「但驗屍……不對，那時是說可能，還要

再詳細驗一次。」

厲心棠立刻興奮的坐下來，劈里啪啦的把剛剛聽到的第一手筆錄轉告大家，

不過除了闕擎外，其他人表情都很平淡，不在乎或是……根本早知道了。

「就是這樣，章警官說必須得問小孩了。」厲心棠突然抓起闕擎面前的飲料

喝了一大口，闕擎嚇了一跳！

「棠棠！」拉彌亞出聲喝止，「那是客人的。」

「反正他又不會喝，你們都是陌生人，他不會碰的！」厲心棠還直接把整個

托盤都挪到自己面前，「這麼好的東西，放著浪費。」

闕擎沒好氣的扯著嘴角，但是也不好說什麼，的確！「百鬼夜行」裡的東西

他一口都不會動……但她也太直接了！

「所以當晚還發生了連徐嘉年都不知道的事⋯⋯」闕擎沉吟著，但旋即一驚，自己何必去在意他人的事！「不對，不關我的事啊！」

他昂起頭，看向了叔叔。

「辛苦你了，這次帶了傷，而且還是因為救我們棠棠，我多送你五點，讓你累十五點。」叔叔邊走還刻意拂袖，「拉彌亞！」

拉彌亞即刻上前，打開了當日在這裡簽的合約，上頭有一個空格，就是寫累點的數字。

「等等，只值十五點？」闕擎開始討價還價，「你們這位根本什麼都不懂，我救她何止一次，她對鬼怪的認識都太片面，這種放出去只會早死！」

「這也是為你好啊，棠棠越懂懂，你才有更多表現機會。」雅姐突然坐到沙發椅扶手邊，羅袖輕飄，卻嚇得闕擎僵直身子，「點數累越多，對你越好是不是？」

紗袖掠過闕擎的臉，他緊張的看向身邊那氣質絕輪的雅姐，坐這麼近做什麼？

「請不要說得好像還有下次！」

闕擎飛快的接過筆在上面寫下十五，再度捺下血指紋後，匆匆起身，還要屬

心棠讓條路，他不敢從雅姐那邊過。

厲心棠突地拉住他的衣角，「喂，你還沒告訴我，你連對鬼都能催眠嗎？」

闕擎略回首向下睨了她一眼，不耐的扯回衣服。

「再見。」

最好不要再見！他好不容易擁有十五次把纏人的亡魂推到「百鬼夜行」的機

會，他一定得要好好把握！

從腳步聲都能聽出他的輕快，厲心棠望著已經消失的背影，卻有點惆悵。

「好怪的人。」她坐回沙發，「沒辦法，我什麼都不會，闕擎很討厭我……」

所有人瞬間坐到了沙發，把厲心棠包圍在中間，左右兩邊自然是叔叔與雅

姐，他們甚至緊緊摟著她。

「我們的棠棠是最棒的，不會有人討厭妳的！」這一吻落在鬢角。

「他只是不擅於跟人交際，下次會更好的。」雅姐用力貼了她的臉頰。

「還有下次嗎？」厲心棠被抱被親都習以為常了，咬著泡芙可憐兮兮。

叔叔與雅姐在厲心棠頭頂相視而笑，會有下次的。

只要他們的棠棠想要，就一定會有下次。

「他說得沒錯，我沒想到鬼這麼可怕……厲鬼凶殘，從復仇到喜歡享受奪人

生死的權力。」厲心棠垂下眼眸，「跟我認識的都不一樣。」

雪姬端上了一碗冰沙，拉彌亞手持果醬，直接來到厲心棠面前。

「在這裡都是看著妳長大的，但是外面的鬼不認識妳，對妳沒有愛……人類有欲念，欲望過度便會使人墮落。」拉彌亞專業的為她淋上果醬，「嗔痴愛怨貪，都可以腐化一個人的靈魂，人類，本來就很可怕的。」

頓時，分散一屋子各角落的精怪都點了點頭，棺材裡的德古拉一抹複雜的笑容，而那些身為亡靈的員工也紛紛同意。

「我希望我可以更好……」厲心棠開心的接過冰，「謝謝彌姐姐！謝謝雪姐姐！」

看著那燦爛的笑容，大家這時就會覺得，人類還是很可愛的。

坐在身邊的叔叔突然拉過厲心棠的右手，執起她的指頭，緩緩戴入了一枚銀光閃閃的蕾絲戒指。

咦？厲心棠望著那精細如蕾絲小皇冠般的純銀戒指，也太美了吧！

「這是？」她望著自己的指頭，眞好看耶！

「戴著，任何時候都不許拿下。」叔叔溫柔的口吻裡，卻有著不容反抗的意味兒。

「但小心別碰到吸血鬼們，那是純銀的。」雅姐不忘交代一聲。

厲心棠珍惜般的撫著蕾絲銀戒，她明白，叔叔給她的肯定不是普通東西，或

許是一種保障，避免她受到任何傷害。她不傻，不會愚蠢到為了爭一口氣喊什麼

我不需要，這是家人對她的愛啊！

「啊對！」厲心棠咬著湯匙，突然想起來──「所以鬼大姐呢？」

女人吊在半空中，吊死她的繩子上全都是尖刺，刺穿了她的下巴與臉頰，她

痛苦的在空中搖晃，卻無力掙開。

她在一個伸手不見五指的黑暗中，她能感受到這裡非常的寬廣，因為連她的

哀鳴都有迴音。

一陣沙沙音傳來，她想往聲音來源去，但刺進骨頭裡的尖刺讓她難以移動。

「阿天，老大說你可以出去了……不要那個臉，你私自去幫棠棠本來就不

好！」聲線沙啞但溫柔，「好了，去三樓找老大報到。」

「要送她走嗎？」下方突然傳來聲音，女人低首，是那天那位外國樣貌的男

子。

「不然怎麼辦？讓她繼續殺？這次要不是我派人跟著，緊急情況回來通報，還不知道棠棠會出什麼事！」拉彌亞口吻裡帶著怒氣，因為這女人傷到棠棠了，

「她是屬東方道教的，聯繫一下鬼差，該去哪兒就去哪兒吧！」

「也不是啊，非得讓她去哪兒？」德古拉在下方打量著蔡瓊燕，「不管她信哪個宗教，勢必是往地獄去了。」

「我不……」尖刺刺穿她的下巴與喉嚨，她難於出聲。

拉彌亞蹙眉，「當然。」

「那靈魂就還在？」德古拉露出迷人的笑靨。

拉彌亞凝視著德古拉，旋即劃上一抹笑，長長的馬尾瞬間化為蛇尾，輕巧的來到蔡瓊燕的身邊。

「唔……妳……」她瞪紅雙眼看著拉彌亞，她想幹嘛!?這間店裡都是些什麼怪物!?

拉彌亞什麼都沒做，只是悠哉的取下了蔡瓊燕左手上的銀色手環，轉眼回到地面時，又成了那削瘦的營運經理。

德古拉做出紳士模樣，請拉彌亞先走，她帶著笑意，掌心用力一握，銀色手環頓時消失無蹤。

「叫食魂鬼下來，我需要他清理一下這裡。」

「經理英明。」

尾聲

「我沒有說謊，媽媽眞的有叫我。」

五歲的男孩，在醫生陪伴下，接受了警方的詢問；家暴的事情已經證實，男孩身上甚至還有菸燙的疤、熱水燙傷的疤，外加幾道縫合傷口，這是短短半年內都好不了的傷痕。

接下來，問了埋屍那晚的事。

「媽媽說了什麼你記得嗎？」

「很凶，媽媽很生氣，一直罵叔叔……但叔叔說我們在玩捉迷藏，媽媽當鬼，叔叔抱著弟弟，我跟在叔叔旁邊，在很黑的地方跑回車子……」哥哥遲疑一下，思考了幾秒，「對，叔叔鑰匙掉了！但是我有看到喔，所以我跑回去找了！」

「你不怕黑嗎？」

「可是沒有很遠啊，我有聽到東西掉下去，而且我有握著手電筒！」哥哥說

得理所當然，「我跑去撿時，媽媽就叫我。」

「媽媽說了什麼？不要急，我們慢慢說喔！」

「媽媽說……」哥哥果然想了好一陣子，「要我去叫叔叔，說叔叔不來的

話，一定會後悔！」

「那時你看得見媽媽嗎？」

「嗯！媽媽站得高高，這樣子。」哥哥突然雙手握小拳，掌心向著自己，擱

在自己的小臉頰旁。

這……不就是握繩子欲上吊的標準姿勢嗎？

「你有看到繩子嗎？」

哥哥搖搖頭，不太懂警方的問法，「我們出發時，叔叔有幫媽媽蓋被被綁繩

子，說媽媽會著涼。」

「嗯……好，媽媽手這樣握，是在握繩子嗎？」警察再問了一次。

哥哥皺起眉，繼續搖搖頭，「沒有繩子！」

太黑了，那邊沒有燈源，孩子根本看不見。

「那我們不要管繩子了，媽媽還說了什麼？」章警官再度循循善誘。

「媽媽一直很凶，叫我一定要叫叔叔來，然後就……」男孩坐在椅子上，往

前做了個跳的動作，「咻！」

咻！所有人都愣了。

「咻？」

「就這樣，咻！」孩子再模彷了一次，「然後媽媽就不見了。」

「不見了？」

「我看到鑰匙了，就把鑰匙撿起來，媽媽就不見了！」

「媽媽不見我嚇一跳，這時叔叔跑回來叫我，我就趕快跑去找叔叔了！」男孩說到這兒有點瑟縮，

現場一片沉默，所以……蔡瓊燕是想要玩一哭二鬧三上吊，結果真的吊死了？

不對，還有一點。

「那你有跟叔叔說，媽媽要你去叫他嗎？」這話說得像繞口令似的。

哥哥用力的、使勁的維持一貫的搖頭！

「不可以的！那不是捉迷藏嗎？」哥哥認真的說著，「我們要躲好，等媽媽來抓我們啊！」

後記

如果你還沒看完這本書，請快點蓋上，我選擇後記不寫序，為的就是不想暴雷啊！

早在《都市傳說系列》結束後的直播中，我就預告過新系列為《百鬼夜行》，記得當時直播時有人問我：百鬼夜行會寫什麼？我回答：就很多鬼在晚上散步XDDD

我承認，當時我只想好了主題，但內文根本是徹頭徹尾的空白，我根本不知道要寫什麼啦！

直到六月開稿，靜下心來讓腦子自己去決定了走向──一間名為「百鬼夜行」的夜店就這麼突然在腦子中躍出，影像清晰，我就描寫下來了！

所有角色緊接著各司其職的在夜店裡活動，一切水到渠成！我只要再挑選一個故事主角……是鬼，當然是鬼！既然這系列名叫「百鬼夜行」，我就希望以鬼為主角，一本書寫一個鬼，寫他們的故事、曾遭遇到的事情。

大原則是希望這樣持續下去啦（心虛），想以鬼為主軸，所以因為在「百鬼夜行」裡，無論善惡的妖魔鬼怪應有盡有，他們可能殘忍、可能無辜、可能可憐、但也可能狡詐，更可能以玩弄人性為樂，所以不一定會有什麼善惡有報的結局，人類也不一定會大勝喔！

事實上在這個社會裡，是否真的邪不勝正，好心是否真的有好報，這些事本來就是值得打上問號的；但不是叫大家就不要做好事，心存善念是最基本的，對自己對他人都會展開良性循環，但永遠又多留一份心，這是保護自己也是保護你重視的人。

二○二○年，新冠肺炎疫情襲捲並改變世界，我相信整個世界會持續走向變化，我們都要適應改變後的世界，目前長久的影響還看不見，總之也只能以不變應萬變了；但我的小說裡，並不會把這件事帶進去，所以故事背景一樣是個架空世界，不屬於世界上任何一個地方，所以請勿把所有既定觀念、法律、原則套用到故事裡的世界去。

至於有人問是否與都市傳說的世界觀是一樣的？是，我可以在這裡清楚的告訴大家，同一家出版社，若無意外我幾乎都會維持同一個世界觀。

之前在粉專提到國內好盛行的一個形容詞「報復性」，玩笑的拜託大家「報

復性買書」，結果居然被大家反問說：「妳要先報復性出書啊！」

說真的一整個感覺被愛啦！

七、八月的確「報復性出書」了喔！活動也多，拿到這本書的你，或許前兩天才在直播中看到了「百鬼夜行X百鬼夜行」的直播，與阿慢老師一起直播眞的非常非常榮幸！我們剛好都在八月的鬼月中出版與「百鬼夜行」相關的書籍，所以能一起直播眞的太開心了！

八月十六日，還會有一場「報復性簽書會」，由於疫情書展取消，平時一年一會的人也超久沒看見了！在這炎熱也解封的八月，慶祝新系列的誕生，「百鬼夜行簽書會」上，很期待見到大家喔！

最後，由衷感謝訂閱購買這本書的您們，購書才是對作者最實質且直接的支持，沒有您們的購書，作者便無法繼續書寫下去，謝謝！

　　　　　　　　　　　　　　　　爷菁

境外之城 109X

百鬼夜行卷1：林投劫（首刷限量書衣版）

作　　　者／笭菁
企畫選書人／張世國
責 任 編 輯／張世國

發 　行 　人／何飛鵬
副 總 編 輯／王雪莉
業 務 經 理／李振東
行 銷 企 劃／陳姿億
資深版權專員／許儀盈
版權行政暨數位業務專員／陳玉鈴
法 律 顧 問／元禾法律事務所　王子文律師
出版／奇幻基地出版
　　　城邦文化事業股份有限公司
　　　台北市 104 民生東路二段 141 號 8 樓
　　　電話：(02)25007008　傳真：(02)25027676
　　　網址：www.ffoundation.com.tw
　　　e-mail：ffoundation@cite.com.tw
發行／英屬蓋曼群島商家庭傳媒股份有限公司城邦分公司
　　　台北市 104 民生東路二段 141 號11 樓
　　　書虫客服服務專線：(02)25007718‧(02)25007719
　　　24 小時傳真服務：(02)25170999‧(02)25001991
　　　服務時間：週一至週五09:30-12:00‧13:30-17:00
　　　郵撥帳號：19863813　戶名：書虫股份有限公司
　　　讀者服務信箱 E-mail：service@readingclub.com.tw
　　　歡迎光臨城邦讀書花園 網址：www.cite.com.tw
香港發行所／城邦（香港）出版集團有限公司
　　　香港灣仔駱克道 193 號東超商業中心 1 樓
　　　電話：(852) 2508-6231 傳真：(852) 2578-9337
馬新發行所／城邦（馬新）出版集團
　　　【Cite(M)Sdn. Bhd.(458372U)】
　　　11, Jalan 30D/146, Desa Tasik,
　　　Sungai Besi, 57000 Kuala Lumpur, Malaysia.
　　　電話：(603) 90578822　傳真：(603) 90576622

封面書衣插畫／Blaze Wu
封面書衣版型設計／Snow Vega
排　　　版／極翔企業有限公司
印　　　刷／高典印刷有限公司
■2020 年（民 109）8 月 4 日初版一刷

售價／320元

國家圖書館出版品預行編目資料

百鬼夜行卷 1：林投劫 / 笭菁著 .- 初版 .- 台北
市：奇幻基地出版；家庭傳媒城邦分公司發行；
2020.08（民 109.08）
面；公分 .-（境外之城：109）
ISBN 978-986-99310-0-7（平裝）
863.57　　　　　　　　　　　　109009891

城邦讀書花園
www.cite.com.tw

讀者回函卡

謝謝您購買我們出版的書籍！請費心填寫此回函卡，我們將不定期寄上城邦集團最新的出版訊息。

姓名：＿＿＿＿＿＿＿＿＿＿＿＿＿＿＿＿＿＿＿ 性別：□男 □女

生日：西元＿＿＿＿＿＿＿年＿＿＿＿＿＿＿月＿＿＿＿＿＿日

地址：＿＿＿＿＿＿＿＿＿＿＿＿＿＿＿＿＿＿＿＿＿＿＿＿

聯絡電話：＿＿＿＿＿＿＿＿＿＿＿傳真：＿＿＿＿＿＿＿＿＿

E-mail：＿＿＿＿＿＿＿＿＿＿＿＿＿＿＿＿＿＿＿＿＿＿

學歷：□1.小學 □2.國中 □3.高中 □4.大專 □5.研究所以上

職業：□1.學生 □2.軍公教 □3.服務 □4.金融 □5.製造 □6.資訊

□7.傳播 □8.自由業 □9.農漁牧 □10.家管 □11.退休

□12.其他＿＿＿＿＿＿＿＿＿＿＿＿＿＿＿＿＿＿＿＿

您從何種方式得知本書消息？

□1.書店 □2.網路 □3.報紙 □4.雜誌 □5.廣播 □6.電視

□7.親友推薦 □8.其他＿＿＿＿＿＿＿＿＿＿＿＿＿＿

您通常以何種方式購書？

□1.書店 □2.網路 □3.傳真訂購 □4.郵局劃撥 □5.其他

您購買本書的原因是（單選）

□1.封面吸引人 □2.內容豐富 □3.價格合理

您喜歡以下哪一種類型的書籍？（可複選）

□1.科幻 □2.魔法奇幻 □3.恐怖 □4.偵探推理

□5.實用類型工具書籍

對我們的建議：＿＿＿＿＿＿＿＿＿＿＿＿＿＿＿＿＿＿＿
＿＿＿＿＿＿＿＿＿＿＿＿＿＿＿＿＿＿＿＿＿＿＿＿＿
＿＿＿＿＿＿＿＿＿＿＿＿＿＿＿＿＿＿＿＿＿＿＿＿＿